„Trave-Kristalle"
Aus dem Inhalt:

Juno-2013. In Travemünde werden kurz nacheinander zwei Tote aus dem Wasser geborgen. Was ist die Todesursache, ist ein Fremdverschulden auszuschließen, stehen die Toten miteinander in Verbindung? Die erotische Oberkommissarin Stina Wallison, von der Travemünder Wasserschutzpolizei, übernimmt, zusammen mit PHK Holger Karat vom Lübecker MD.1, die Ermittlungen. Werden intensivere Ermittlungen notwendig? Die Personaldecke ist sowieso schon sehr angespannt. Der mysteriöse Jörg Illmer, der, jeweils von Mai bis Oktober, im Passathafen auf seiner Segelyacht 'o.li' wohnt, unterstützt auch hier Wallison zu weilen, meist eher unfreiwillig.

Impressum:
Autor: **Guido Bleil**

Herausgeber: **Action Sportreisen GmbH, Bremen**
                www.HeliSki-online.eu + www.45grad.eu

1.Auflage: **Juli-2013.** > 2.Auflage: **April-2025**

Verlag:
                BoD · Books on Demand GmbH, Überseering 33, 22297 Hamburg, bod@bod.de

ISBN: **978-3-7693-5213-9**

                © 2025 - Action Sportreisen GmbH, Bremen

Druck:
                Libri Plureos GmbH, Friedensallee 273, 22763 Hamburg

Bereits erschienene Romane des Autors:

Der Passatmörder (2010 / 2024)
- ISBN 9-783758-325328➜Paperbook
- ISBN 9-783758-343056 ➜e-Book

Engel von Travemünde (2011 / 2024)
- ISBN 9-783758-329609➜Paperbook
- ISBN 9-783758-333798➜e-Book

Trave-Nebel (2012 / 2024)
- ISBN 9-783758-369100➜Paperbook
- ISBN 9-783758-348457 ➜e-Book

Trave-Kristalle (2013 / 2025)
- ISBN 9-7837369-352139 ➜Paperbook
- ISBN ➜e-Book

Travemünde Komplott (2015)
- ISBN 9-783738-617078 ➜Paperbook
- ISBN 9-783739-273358 ➜e-Book

Quallenpest von Travemünde (2016)
- ISBN 9-783738-629255 ➜Paperbook
- ISBN 9-783741-230615 ➜e-Book

TraveSünde (2017)
-ISBN 9-783744-801423 ➜Paperbook
-ISBN 9–783744-806756 ➜e-Book

Travemünde 3.0 : Mt.Blanc 4810 (2019)
-ISBN 9-783748-100287 ➜Paperbook
-ISBN 9-783749-457816 ➜e-Book

Ostesee BEIFANG (2023)
-ISBN 9-783758-302169 ➜Paperbook
-ISBN 9-783758-361289➜e-Book

Dem Leben geschuldct.

Liebe **Käufer** und **Leser**,

dies ist die vierte, in sich geschlossene Episode, rund um die Oberkommissarin Stina Wallison und dem mysteriösen Jörg Illmer. Tauchen sie wieder mit ein, in die Sommerwelt rund um das schöne Ostseeheilbad Travemünde.

Im Übrigen gilt mein Dank ausschließlich Ihnen, denn Sie geben mir die Kraft und den Anreiz weiterzuschreiben.

So mancher Roman kann allerdings, aufgrund von realen Begebenheiten, dazu verleiten, der Story Glauben zu schenken. Aber bitte, auch wenn viele Fakten zu treffen, die Handlungen und die Personen sind **alle frei erfunden.** ☺

Viele beschriebene Ortsangaben werden Sie auch in der Realität wieder finden. Nehmen Sie die Angaben nicht als Navigationshilfe. Sollten Sie sich aufgrund der örtlichen Beschreibungen verlaufen, so **übernehme ich als Autor dafür keine Haftung.**
Es ist nur ein Roman ☺

Für etwaige, eingeschlichene Fehler, bitte ich um gütige Nachsicht. Sollten sie in der Interpretation liegen, so bin ausschließlich ich dafür verantwortlich. Um vielleicht den einen oder anderen Fachbegriff verständlich zu machen, schauen sie am Ende ins **Glossar.**

Guido Bleil / Juli-2013/Mai 2025

Danksagung

Es ist nicht einfach, während eines Buchprojektes mit dem Autor zusammen zu leben (ich hoffe ansonsten schon…), denn zwangsläufig lebt man als Autor auch in dieser Parallelwelt – vierundzwanzig Stunden. Beim Zähneputzen, in einem Restaurant, im Kino, auf der einsamen Berghütte, beim Segeln oder auch in der Nacht. Laufend zuckte eine Idee durch den Kopf, oft nur ein Wort. Das musste dann gleich notiert und ähnlich wie bei einem Puzzle „ausprobiert" werden, ob es überhaupt „passt". Vieles wurde wieder verworfen oder auf „Eis" gelegt. Für alle hieraus entstandenen Unannehmlichkeiten, entschuldige ich mich hiermit bei meiner Familie, Freunden und Bekannten. Danke für so manchen Tipp und Danke für so manche aktive Unterstützung.

Insbesondere bedanke ich mich für ihre Geduld und dem bereit gestellten Fachwissen zu meinen zahlreichen Fragen bei:

dem Mediengestalter **Jan Ole Bleil**, Bremen.
Der Ärztin **Dr. Claudia Bleil**, Bremen.
Dem Präventions- und Öffentlichkeitsbeauftragten **Karsten Dose**, WaPoRevier HL-Travemünde.
Dem Kommissar **Detlef Schubert**, Bremen,
die meine Recherchen erfolgreich abgerundet haben.
Für die Coverberatung **KD Henschel**, Travemünde.
Für Korrekturen besonderen Dank: **Klaus Both**, Cuxhaven.

001

Die Sichel des Neumondes bildete einen scharfen Kontrast zur dunkelblauen Nacht. Die leuchtenden Sterne erschienen hierbei wie kleine funkelnde Diamanten. Viele pulsierten in einem unergründlichen Takt. Das schwache Licht umspielte auf zauberhafte Art die Konturen der Viermastbark ,Passat'.

Ein ruhiges und friedliches Bild, geprägt durch das geheimnisvolle Dunkelblau der Naturkomposition. Ein Anblick, der Romantiker ins Schwärmen geraten ließe. Allerdings verschliefen die meisten Menschen diesen magischen Moment in ihren warmen Betten.

Obwohl es eine klare, mit immer noch einundzwanzig Grad laue Sommernacht war, wirkte die Vorderreihe in Travemünde wie ausgestorben.

Das änderte sich auch nicht, als eine blaue Finnlinesfähre, auf Höhe des Passathafens, mit kleiner Fahrt dem Ziel Helsinki entgegensteuerte. Einer fahrenden Lagerhalle gleich, schob sie sich über die Trave. Nicht weit entfernt, auf der Priwall Autofähre, stand ein einsamer roter VW Golf. Er würde noch eine Weile warten müssen, um auf den Priwall zu kommen, da des Nachts nur ein halbstündiger Transfer, zur halben und vollen Stunde, geplant ist. Der schwarze Minutenzeiger am Priwallfähranleger sprang gerade erst auf drei Uhr sieben.

Nicht weit davon, bewegte sich quietschend ein silberfarbener Müllcontainer. Zitternde lange Finger versuchten sich verzweifelt an dem Container hochzuziehen. Die gepflegten langen Finger fanden jedoch nicht den ersehnten Halt und rutschten kraftlos am glatten Metallkörper hinab. Dabei brachen die kunstvoll lackierten Fingernägel, des Zeige- und Mittelfingers der rechten Hand ab. Ein leises, hässliches Knirschen begleitete diese unwürdige Szenerie. Unhörbar landeten die abgebrochenen Stücke der *Square Tips* auf dem Kopfsteinpflaster. Simone Quartz achtete nicht darauf.

Nach dem Dritten erfolglosen Versuch, ließ sie sich auf den Rücken fallen, um wieder ins Lot zu kommen. Heftige Schmerzen durchzuckten Simone im Genitalbereich. Ein grimmiges Stechen und zorniges Brennen. Diese Kopfschmerzen. Simone Quartz begriff nicht wie ihr geschah.

Prosecco, David Guetta, Tanzen, Flirten, Lachen, Herzklopfen, Lana del Ray, Aperol, knisternde Stimmung, Jette von Roth. Ihre aufblitzenden, lichten Momente reichten nicht aus, um sich einen Reim darauf zu machen. Sie wollte doch nur einen schönen Tanzabend erleben.

Orientierungslos kroch sie, schwer atmend, auf allen Vieren weiter. Herzrasen schürte ihre aufkeimende Panik. Ihre kleine *Louis Vuitton Monogram Idylle Noe* Handtasche, eine gut gemachte Kopie, denn das Original konnte sie ihrem Budget nicht zumuten, hing Simone störend und frei pendelnd am Hals.

Sie wollte nach Hause. Sie wollte schlafen. Sie wollte, dass der Schmerz aufhörte. Sie wollte um Hilfe rufen − aber es kam kein Ton über ihre schön geschwungenen Lippen.

Nur mit Mühe kam sie voran, schaffte ein paar Meter auf dem steinigen Boden. Die Knie waren bereits abgeschürft und bluteten aus zahlreichen Rissen. Ihr neues italienisches *Miss Sixty* Minikleid, welches sie bei „*FOR YOU*" erstanden

hatte, und ihre Figur so toll unterstrich, hatte mittlerweile den Staub der Straße angenommen und sich über ihre Hüften geschoben. Rubinrote Dessous boten sich dem nicht vorhandenen Betrachter.

Simone war sich ihrer erotischen Wirkung, auf Männer wie auf Frauen, bewusst. Von Zeit zu Zeit spielte sie, stets kontrolliert, mit diesem Effekt. Sie kannte ihre Grenzen genau. Von Männern wollte sie auch gar nichts mehr wissen. Nach ihrer Scheidung von ihrem gewalttätigen Mann Thomas, vor drei Jahren, zeigte sie nur noch sexuelles Interesse an Frauen, auch wenn das dem äußeren Betrachter nicht immer sofort klar wurde.

Ihr zweiundneunzig Euro teurer *Lise Charmel Opera String*, betonte zusätzlich ihre weiblichen, bronzefarbenen Rundungen auf verlockende Art. Genau so, wie sie es sich in ihrer Fantasie vorher freudig ausmalte. Eine lohnende Investition, die sie sich erspart und per Internet erworben hatte. Sie konnte sich definitiv als eine attraktive Frau im besten Alter betrachten.

Es würde Simone allerdings mehr als peinigen, wenn sie realisierte, dass sie sich so entblößte und der teure String in Fetzen an ihren Hüften hing.

Nur bemerkte sie es nicht.

Die Schmerzen wichen einem dumpfen Gefühl im Kopf. Ihre eleganten, schwarzen Pumps, befanden sich schon lange nicht mehr an ihren Füßen. Blindlings arbeitete sie sich mühsam weiter. Holzsplitter bohrten sich in ihre Hände. Sie spürte es nicht.

Die Schranke der Priwallfähre schloss sich mit warnender Melodie, um den immer noch einzigen Wagen überzusetzen.

Simone Quartz verlor den Halt und glitt lautlos ins Wasser der Trave. Die lästige *Louis Vuitton* Handtasche löste sich dabei endlich von ihrem Hals. Der körperliche Überlebensreflex setzte augenblicklich ein, versuchte ihr, Luft in die Lungen zu pressen.

Vergeblich.

Ihre Extremitäten gehorchten ihr nicht. Wie ein Stein sank sie im Wasser. Dem ersten Reflex folgte ein Anhalten der Atmung. Durch den Anstieg des Kohlenstoffdioxids im Blut, machte sie zwei tiefe Atemzüge, mit der Folge eines starken Hustenreizes. Panisch und dennoch träge, schluckte sie große Mengen Wasser.

Plötzlich verschwanden sämtliche Schmerzen.

Der schlagartige Sauerstoffmangel ließ sie schnell in die Bewusstlosigkeit abgleiten. Ihre Gliedmaßen zuckten unkontrolliert. Der Atemstillstand stellte sich unwillkürlich ein.

Der Kampf, der keiner war, dauerte nicht lange.

Ihre Herztätigkeit erlosch schon nach neunzig Sekunden.

Auch wenn ihr Lippenstift leicht verschmiert war, selbst im Tod sah sie noch bezaubernd aus. Die langen blonden Haare umschwebten ihr attraktives Gesicht. Das Minikleid presste sich eng an ihren attraktiven Körper. Unter Wasser glich Simone Quartz einer anmutigen, leichtfüßigen Balletttänzerin, oder der bei Tauchern so beliebten Spanischen Tänzerin.

Diese ästhetische Komposition hätte ihr gefallen.

Niemand nahm von diesem grauenvollen Geschehen Notiz. Die Priwallfähre Pötenitz bugsierte sich gerade vorsichtig an den gegenüberliegenden Anleger heran. Nach nur einer Minute erfolgte die Rückfahrt.

Die Uhr am Fähranleger zeigte drei Uhr fünfunddreißig an.

002

Sie waren die fünf Besten, von 6.000 speziell ausgebildeten Scharfschützen. Allesamt eingeladen, in das sibirische Jagdrevier, von dem russischen Oligarchen Oleg Sorokin. Die viertägige Einladung beinhaltete einen Flug, in dem privaten Luxus Learjet des Gastgebers, der sie ins tiefste östliche Russland führte.

Die Datsche, wie Oleg es bezeichnete, bestand aus einem schlossähnlichen Haupthaus aus Stein, sowie zahlreichen Nebengebäuden. In einem der Nebengebäude, war der beachtliche Fuhrpark Olegs untergebracht. Allein acht schwarze Range Rover Geländewagen, mit verdunkelten Scheiben, standen frisch poliert in der großzügigen Fahrzeughalle.

Das dazu gehörige Grundstück belief sich auf 215 Quadratkilometer, was ziemlich genau der Fläche der Hansestadt Lübeck entspricht. Natürlich besaß der Mann, den der Volksmund nur diebische Elster nannte, seine eigene Start- und Landebahn.

Zwei Tage waren sie jetzt schon hier. Jeder der Schützen trainierte täglich eine Stunde auf dem Naturschießstand, welcher eine Maximaldistanz von 1.500 Metern zuließ. In dieser einen Stunde höchster Konzentration, spulte jeder der Schützen für sich ein eigenes Programm ab. Erst danach ka-

10

men sie in geselliger Runde zusammen und genossen den feilgebotenen Luxus.

Heute sollte ein großer Showdown, vor acht geladenen hochrangigen Gästen, erfolgen. Neben der stattlichen Antrittsprämie von jeweils fünftausend Euro, winkten dem Sieger unglaubliche zweihunderttausend Euro. Alle anderen würden leer ausgehen.

Ich hatte mich nicht unbedingt wegen des Geldes locken lassen. Mich reizte der sportliche Vergleich.

Wir kontrollierten unsere Waffen noch einmal akribisch, als Olegs zwei schwarze Hubschrauber mit den illustren Gästen einschwebten. Ein ungutes Gefühl beschlich mich erstmals, nachdem ich unter den Neuankömmlingen zwei unangenehme Personen ausmachte. Zum einen erkannte ich den Diktator eines zentralafrikanischen Landes und zum anderen einen weltbekannten Waffenhändler.

Was hatten die beiden Typen hier zu suchen? Unser Showdown allein würde sie nicht so weit ins Nirgendwo bewegen können. Obwohl allesamt teuer und elegant gekleidet, sahen die übrigen sechs Ankömmlinge auch nicht vertrauenswürdiger aus.

Wir nahmen alle unsere Positionen ein. Da ich, laut Auslosung den zweiten Schuss abgab, legte ich schon die erste Patrone in den Lauf. Ein Knall ertönte. Der erste Schütze hatte genau ins Schwarze getroffen.

Ich berücksichtigte die Luftfeuchtigkeit, Höhenlage des Geländes und den leichten Seitenwind bei der Feinjustierung der dreizehn Kilogramm schweren Barrett M82. Alle schossen mit dem gleichen Modell, Nato-Kaliber 12,7mm, auf eine 150 Zentimeter kleine Zielscheibe. Die Entfernung betrug genau 1.000 Meter. Kein einfacher Schuss. Vor allem, weil wir erst zwei Tage mit diesem Modell trainiert hatten. In der Anfangszeit meiner Ausbildung hatte ich dieses Gewehr kurz kennen gelernt.

Eine letzte Minuskorrektur um eine halbe Winkelminute.
Konzentriert schoss ich.

Genau ins Schwarze.

Drei Durchgänge, a jeweils zwei Schuss, wurden absolviert.
Nach einer Stunde stand ich im Finale. Jetzt wurde die Distanz auf 1.200 Meter erweitert, allerdings hatte die runde Scheibe nun einen Durchmesser von 200 Zentimeter. Das Besondere bestand unter anderem darin, dass die zu treffende, nur cirka zehn Zentimeter kleine, rote Scheibe, nicht im Zentrum der Scheibe positioniert war. Wie üblich gab es angepasste, runde, schwarzweiße Kreise. Der rote Punkt lag etwa bei einer Höhe von 170 Zentimetern. Offensichtlich sollte das irritieren, aber ich konnte das gut ausblenden.

Die Beobachter verfolgten diesen Wettbewerb über eine hochauflösende Großbildleinwand, bei anthrazitfarbenen Beluga-Kaviar und mehreren Flaschen des legendären Meereschampagner Piper-Heidsieck von 1907. Dieser wurde 1916 vor der finnischen Küste von der Deutschen Marine, zusammen mit dem Schiff ‚Jönköpping', versenkt. Erst 1997 konnten zweitausend Flaschen unversehrt geborgen werden. Die Flasche wird angeblich mit bis zu 200.000.- Euro gehandelt. Mich schüttelte es.

Plötzlich wurde es still um die vorher lautstark schwatzende Besuchergruppe. Alle starrten gebannt auf die Leinwand. Nun war ich der erste Schütze.

Mit ruhigen Bewegungen hantierte ich an dem Präzisionsgewehr. Nachdem ich alle Einstellungen akribisch vorgenommen hatte, reduzierte ich, durch eine spezielle Technik, meinen üblichen Ruhepuls von zweiundfünfzig Schlägen pro Minute, auf kurzzeitig unter dreißig Schläge.

12

Regungslos blicke ich durch das Zeiss Zielfernrohr. Vollkommen ruhig verharrte der Zeigefinger am maximal zulässigen Druckpunkt, bevor ich den Schuss mit einer unmerklichen Zeigefingerbewegung auslöste und sich die Kugel mit neunhundert Metern pro Sekunde aus der Mündung herauskatapultierte. Nach knapp über einer Sekunde schlug das Geschoss ein.

Deutlich erkennbar zerfetzte die Patrone den roten Punkt der Zielscheibe. Oleg, der Diktator sowie der Waffenhändler,

nickten sich still und unmerklich zu, während die übrigen sechs Gäste sich johlend zuprosteten und weiter den teuren Kaviar in sich hineinstopften.

Irritiert registrierte ich, dass sich die Schießscheibe rot verfärbte. Blutrot.

Ein dunkler Gegenstand fiel hinter der Zielscheibe zu Boden. Ein kurzer Blick durch das Zielfernrohr genügte, um den Gegenstand als menschlichen Körper zu identifizieren. Mir gefror das Blut in den Adern. „Neeeeein" schrie ich entsetzt, übertönte dabei die anwesende und sichtlich gut gelaunte, teuflische Gesellschaft. „Neeeeein" schrie ich noch einmal lautstark vor Entsetzen. „Ihr kranken Monster" sprudelte es lauthals aus mir hinaus. Im gleichen Augenblick nahm ich aus den Augenwinkeln, zwei sich anschleichende, bewaffnete Personen wahr.

Blitzschnell rollte ich mich zur Seite und robbte in die Deckung des verwinkelten Schießstandgebäudes. Zwei Kugeln bohrten sich pfeifend in die Stelle, wo ich gerade noch gelegen hatte. Im Gebäudelabyrinth würde mir CQB, eine hocheffektive Nahkampftechnik, einen Vorteil verschaffen. Mein Finalgegner hockte sich fluchend neben mich. Die Lichtverhältnisse waren schlecht, was mir durchaus entgegen kam. Meine angespannten Sinne vernahmen ein nur leises Schaben. So leise, dass man es nicht unbedingt wahrnehmen musste. Keine zwei Meter von uns entfernt. Das

Schaben näherte sich.

Wie eine Katze spannte ich alle Muskeln an.

003

Klick!

Klick!

Klick!

Obwohl die Junghans Armbanduhr erst fünf Uhr einunddreißig anzeigte, löste die Digitalkamera von Leica, präzise mit einem leisen, klassischem Ton aus. Die ebenfalls klassische Uhr mit Handaufzug, Modell Max Bill mit weissem Ziffernblatt und schwarzem Lederarmband, ging genau eine Minute vor, was vom Besitzer mit Absicht so eingestellt war.

Mit diesem kleinen Selbstbetrug stellte er sicher, dass alle seine Termine pünktlich eingehalten wurden. Leichte Nebelschwaden waberten entlang des Priwalls, Richtung Rosenhagen. Dazwischen zeigte sich schemenhaft, im aprikosenfarbenen Streulicht, die geräuschlos aufgehende Morgensonne.

Zufrieden blickte sich Karl Vögele, an der Spitze der Nordermole, um. Nur zwei fliegende Möwen und ein fischender Kormoran, leisteten ihm stumme Gesellschaft. Die Ostsee lag spiegelglatt vor ihm. Einige Aufnahmen sollten gleich noch folgen. Der im letzten Dezember demontierte alte, schwarzweiße Leuchtturm, war Mitte Mai durch einen grünweißen Turm ersetzt worden. „Ein neues Motiv im Ort" murmelte er leise.

Karl liebte diese friedliche Morgenstimmung. Alles war so rein und unberührt. Ein Sonnenaufgang zum Träumen und entspannten Arbeiten.

Mit seiner roten Jacke empfand er sich heute Morgen etwas zu warm eingepackt. Für diese Uhrzeit war es doch schon erstaunlich warm. Der Tag versprach sehr angenehm zu werden.

Wieder klickte seine Leica dreimal in kurzen Abständen. Ein besinnliches Motiv, für die nächste Ausgabe der Travemünde Aktuell, schwebte ihm vor. Ein paar letzte Aufnahmen, mit Blende F8 seines lichtstarken 24 Millimeter Weitwinkelobjektivs, vervollständigten die Fotoausbeute.

Innerhalb von zehn Minuten, hatte er beinahe sechzig Fotodateien auf seiner Speicherkarte abgelegt. Sorgsam verstaute Karl sein Fotoequipment. Richtung der ‚Passat' blickend, entdeckten seine aufmerksamen Augen einen Gegenstand, in der Trave dümpeln. Was hatte er schon alles im Wasser treiben sehen oder am Strand gefunden. Neugierig fokussierte er das Objekt in etwa fünfzig Meter Entfernung. Erkennen ließ sich jedoch nichts.

Deshalb packte er seine Kamera noch einmal aus und schraubte das 200 Millimeter Teleobjektiv auf das Gehäuse. Mit geübten Handgriffen stellte Karl das Objektiv scharf auf das Etwas. Um besser sehen zu können, schob er seinen Elbsegler etwas weiter in den Nacken.

Er konnte sich ein Grinsen nicht verkneifen. Nur ein schwarzgrauer Beutel bewegte sich, wie ein Korken, auf der glatten Wasseroberfläche. Eher gleichgültig fokussierte Karl

15

genau auf den Aufdruck des Beutels. Kein lesbarer Schriftzug war zu erkennen. Nur eine Art rautenförmiges Muster konnte er ausmachen. Sein anfängliches Interesse erlosch zusehends. Der Beutel konnte auch eine Handtasche sein, aber mit so etwas kannte er sich nicht aus. Routinemäßig drückte Karl auf den Auslöser und vergaß die Aufnahme im gleichen Augenblick. Rasch verstaute er die Kamera erneut, rückte die Mütze wieder zurecht und schwang sich auf sein Fahrrad.

Er würde heute sicher noch reizvollere Motive finden.

004

Das Schaben war jetzt für mich deutlich vernehmbar, in unmittelbarer Reichweite. Ein Schatten schob sich in meinen Augenwinkel. Mit einer blitzartigen Bewegung ergriffen meine Hände den durchtrainierten Körper eines potentiellen Angreifers. Gerade war ich im Begriff einen Mok-chigi, also einen schnellen, effizienten Schlag zum Hals auszuführen, da stoppte mich, mitten in der Bewegung, eine mir bekannte Stimme.

„Yooork" gurgelte die verschreckte Stimme.

Ich lockerte meinen Griff ein wenig und blickte in die verschreckten Augen von Claus, meinem guten Freund und XO, auf meiner Segelyacht ,o.li'.

„Mensch York" stammelte er „komme zu Dir. Ich bin es, dein Kumpel Claus." Blass blickte er mich an und versuchte dabei seine gestreifte Pyjamajacke zu richten.

Erstaunt blickte ich mich um. Kein Zweifel, dies war meine Schiffskoje auf der ‚o.li' und nicht die sibirische Datsche eines durchgeknallten, russischen Oligarchen. Entschuldigend blickte ich zu meinem XO.

„Au man. Was für ein Albtraum. Sorry Claus, aber ich befand mich gerade im Kampfmodus gegen barbarische Sadisten" sagte ich und dachte, „irgend ein Päckchen schleppt jeder mit sich herum." Mein Schlafshirt fühlte sich ganz verschwitzt an.

„Hast du wieder Gedanken an die leidliche, italienische Zeit verschwendet ?"

„Ja, die Dämonen aus der italienischen Mordserie, werde ich

wohl nie so richtig los" erwiderte ich und einige schreckliche Bilder zogen an meinem geistigen Auge vorbei. Neun Jahre war das jetzt schon her, aber immer noch holte mich die Vergangenheit von Zeit zu Zeit ein, obwohl der Fall längst abgeschlossen war.

Gedankenverloren rieb ich an meiner sechs Zentimeter langen Gesichtsnarbe. Ein ewiges Vermächtnis aus dieser Zeit. „Um Himmelswillen" rief Claus bestürzt und immer noch ganz blass. „Lass das bitte !"

„Was meinst Du ?" blickte ich ihn fragend an.

„Du reibst schon wieder an deiner Narbe" entgegnete mir Claus, mit leichter Panik in der Stimme.

„Sie juckt halt ein wenig" gab ich achselzuckend zurück.

„Nee nech ! Bitte nicht wirklich." Claus schüttelte sich und machte Anstalten wieder seine Koje zu entern.

Bisher war das immer ein untrügliches Zeichen für anstehende Probleme gewesen. „Gebe da nicht allzu viel drauf" versuchte ich ihn aufzumuntern. „Komm, wir machen uns fertig für ein ordentliches Frühstück beim Stadtbäcker" sagte ich nach einem Blick auf die Armbanduhr. „Ab sieben Uhr gibt es da frische Brötchen."

„Häh ? Was ist los ? Warum können wir nicht einmal vernünftig ausschlafen, wie andere Leute auch ?" nörgelte Claus. „Sechs Uhr ist einfach nicht meine Zeit."

„Ach komm. Bis wir soweit sind ist es sieben Uhr, außerdem wird es heute wieder ein Hammertag."

005

Auf dem Revier der Wasserschutzpolizei Travemünde herrschte gelöste Stimmung. Seit zwei Tagen gab es keinerlei Vorkommnisse. Nicht einmal die üblichen Beschwerden störten den angenehmen Dienst. Jeglicher Papierkram war aufgearbeitet. Entsprechend entspannt standen oder saßen alle Kollegen im kleinen Gemeinschaftsraum zusammen und übten sich im belanglosen Smalltalk. Bis auf Hans, der sich seinem grünen Tee widmete, hielten alle einen heißen Becher Kaffee in der Hand.

„Hoffentlich ist bald mal wieder etwas los" hörte Polizeioberkommissarin Stina Wallison jemand sagen „dann geht der Dienst schneller vorbei."

„Ich kann auch mit weniger turbulenten Dienstzeiten bestens umgehen" hakte sie ein. „Mein Privatleben bedankt sich."

„...werde nachmittags die Badesaison für mich eröffnen. Die Ostsee dürfte bei der schönen Wetterperiode schon siebzehn bis achtzehn Grad Temperatur haben. Perfekt zum anbaden" sagte Hans mit einem Seitenblick auf Stina Wallison.

„Wieso erst jetzt, du Warmduscher? Das habe ich schon Anfang Mai, bei zehn Grad Wassertemperatur, hinter mich gebracht" zog Stina ihn ein wenig auf.

„Ach du. Du bist auch kein Maßstab. Seitdem du mit diesem äh.., diesem komischen Typen äh.., York rumflirtest.., da tickst du ganz anders" brauste Hans sauertöpfisch auf. „Ich weiß gar nicht was du an dem finden kannst" fügte er frustriert hinzu.

Die Kollegen grinsten. Alle wussten, dass Hans insgeheim für Stina schwärmte und sich Chancen bei ihr ausmalte. Vergeblich.

„Da musst du viel früher aufstehen" warf Malte Scheel, der jüngste im Team munter ein, bevor Stina darauf antworten konnte.

„Hans" erwiderte Stina „das geht doch nur mich alleine etwas an." Bei dem Gedanken an York spürte sie ein warmes, wohliges Gefühl in ihrer Bauchgegend aufsteigen, was sich schnell weiter ausbreitete. York löste bei ihr immer einen emotionalen Tsunami aus. Im positiven Sinne. „Außerdem beruht deine Behauptung auf einer reinen Mutmaßung. Wo bleibt deine Professionalität? Ich bin doch erst seit zweitausendzehn hier, davor kannten wir uns nicht. Vielleicht habe ich schon immer die Frische dem Warmen vorgezogen." Das war natürlich eine Spitzfindigkeit sondergleichen. Natürlich zog sie die Wärme vor. Natürlich genoss sie mit Wonne warme Sonnenstrahlen auf ihrer Haut, welche sich ohne Rötung sofort in ein appetitliches Braun verwandelte. Nur ging dies ihrem Kollegen nichts an.

„Höre genau zu Hans. Die Betonung liegt auf ‚FRISCHE‘ und nicht auf ‚KONSERVATIV‘, geschätzter Herr Kollege" amüsierte sich Malte.

Hans beachtete den Einwurf von Malte gar nicht. „Du machst mir nichts vor Stina. Erstens bist du eine Frau und zweitens kann ich dich richtig einschätzen. Ich kann dich wie ein Buch lesen" lehnte sich Hans weit aus dem Fenster.

„Mein lieber Hans" begann Stina zuckersüß, bevor sie vergnügt fortfuhr: „Ich bezweifle überhaupt nicht, dass du ein Buch lesen kannst. Nur, ob du es wirklich verstehst, sei einmal dahingestellt."

Hans nippte gerade an seiner Tasse und verschluckte sich. Hustend versuchte er wieder zu Atem zu kommen.

„So bekömmlich scheint grüner Tee nicht zu sein" feixte Malte. Die Kollegen stimmten lachend zu. Bevor Hans etwas erwidern konnte, klingelte das Telefon.

„Hier Wasserschutzpolizeirevier Travemünde, Wallison am Apparat. Wie kann ich ihnen Helfen?" sprach Stina mit ruhiger Stimme in den Hörer.

„Soller hier. Erika Soller. Ich möchte eine dringende Vermisstenanzeige aufgeben" klang POK Wallison eine aufgeregte, weibliche Stimme entgegen.

„Um wen handelt es sich denn? Wie lange vermissen sie die Person?"

„Meine Freundin Simone Quartz ist heute Morgen nicht zur vereinbarten Zeit erschienen" sprudelte es aus Frau Soller heraus. „Wir hatten uns für sechs Uhr dreißig verabredet. Sie ist immer die Zuverlässigkeit in Person. Sie öffnet weder ihre Wohnungstür, noch kann ich sie telefonisch erreichen. Da ist bestimmt etwas passiert."

Wallison seufzte innerlich auf. „Frau Soller, beruhigen sie sich erst einmal. Es ist gerade einmal kurz nach halb acht in der Frühe. Da brauchen..."

„...wenn sie sie kennen würden, dann gingen ihre Gedanken in die gleiche Richtung" unterbrach sie Wallison. „Bitte. Sie müssen etwas tun" wurde sie angefleht.

Wallison wusste, dass aus den harmlosesten Gründen, laufend Personen verschwanden und ebenso wieder unversehrt auftauchten. Täglich wurden über zweihundertfünfzig Fahndungen neu erfasst, aber beinahe auch eben so viele wieder gelöscht. Achtzig Prozent der Fälle hatten sich in der Regel innerhalb einer Woche bis einen Monat, von selbst erledigt. Lediglich drei Prozent der Vermissten galten nach einem Jahr noch als vermisst. In etlichen Fällen wurden die Personen noch nach weit über zwanzig Jahren gefunden. So eine

Personenfahndung bleibt bis zu dreißig Jahren bestehen.

Viele Vermisste wollen auch einfach nicht gefunden werden. Natürlich widerfuhr so manchem Menschen Schlimmes, aber eine Vermisstenmeldung nach nur einer Stunde, entbehrte in der Regel jeglicher Handlungsgrundlage, zumal hier offenbar keine Gefahr im Verzuge angezeigt war.

Allein ihre innere Stimme meldete sich kaum merklich zu Wort. Stina hatte sich ein feines Gespür für Schicksalsschläge bewahrt, auch wenn sie auf der Polizeischule diesen Ansatz negierten und lediglich auf die Fakten pochten. Einer Eingebung folgend und um die aufgelöste Frau Soller zu beruhigen, nahm sie alle relevanten Daten der vermissten Simone Quartz auf. Weiter versprach sie, sich dieser Sache persönlich anzunehmen. Sie hatte im Moment sowieso nichts zu tun, da konnte sie eben so gut behutsame Recherchen durchführen.

„Schenkt mir bitte alle einen Moment eurer Aufmerksamkeit" begann Wallison gegenüber ihren Kollegen. „Ich habe gerade eine Vermisstenmeldung aufgenommen. Die genannte Person gilt noch nicht länger als neunzig Minuten als vermisst und es gab keine bekannten Suizidandrohungen." Zwei, drei Kollegen verzogen ihr Gesicht. „Dennoch, ich habe dabei so ein komisches Gefühl. Nennt es Intuition…"

„Intuition" schnaubte Hans dazwischen. „Wenn ich aufgrund von Intuitionen handeln würde, dann müsste ich fast die ganze Bevölkerung einsperr…"

„Hans" schnitt Wallison ihm das Wort entschieden ab. Seine oft frustrierte Lebenseinstellung war eine Sache, aber die unprofessionellen Allgemeinplätze gingen ihr erheblich zu weit. „Bitte mäßige dich und versuche dich trotzdem zu konzentrieren. Abgesehen davon, dass ich die Sache durchaus ernst nehme, was vergeben wir uns, wenn wir der Sache einmal auf den Grund gehen? An Zeit mangelt es uns gerade

nicht. Wenn es auch keine Anzeichen eines Zusammenhanges gibt, erinnere ich noch einmal daran, dass sich ausserdem immer noch die vier Tage alte Vermisstenmeldung von Elvira Schätzing im Umlauf befindet." Die zweiundzwanzigjährige Schätzing wurde am 31.Mai von ihrem Arbeitgeber als vermisst gemeldet. Dort arbeitete sie im Service und galt nicht immer als zuverlässig. In den Monaten März und Mai fehlte sie wohl auch schon, jeweils drei Tage, unentschuldigt.

Wallison machte eine kleine Pause und blickte jedem ihrer fünf Kollegen in die Augen. Es gab keinen weiteren Widerspruch. „Okay, dann kurz die Einzelheiten. Die vermisste Person ist weiblich, heißt Simone Quartz und ist im Januar neunzehnhundertfünfundsiebzig in Schwerin geboren. Also jetzt achtunddreißig. Sie hat blonde Haare, ist etwa einen Meter fünfundsiebzig lang und hat eine sehr sportliche Figur. Frau Quartz ist Textilfachverkäuferin in der Vorderreihe und seit fünf Jahren ebenso wohnhaft hier in Travemünde. In der Fehlingstrasse." Stina Wallison räusperte sich kurz.

„Sie ist weder Aktenkundig noch motorisiert. Laut der anzeigenden Person, ihrer Freundin Frau Soller, gleichfalls aus Travemünde, gilt Frau Quartz als äußerst zuverlässig. Gestern wollte die Vermisste zu einer Tanzveranstaltung im Ort. Laut Frau Soller war sie mit einem schwarzweiß gestreiften Minikleid, eleganten schwarzen Pumps und einer kleinen, schwarzgrauen Hand-asche, einem Louis Vuitton Imitat, die auf dem ersten Blick einem Beutel ähnelt, unterwegs. Ein aktuelles Foto bringt Frau Soller in der nächsten halben Stunde vorbei."

„Die suche ich gerne" warf Malte salopp ein und erntete einen missbilligenden Blick von Stina.

„Laut Aussage ihrer Freundin Erika Soller hat Simone Quartz nur noch sexuellen Kontakt mit gleichgeschlechtlichen Partnern." Malte errötete leicht. „Ich schlage vor, wir überprüfen zunächst ihre Wohnung, ihren Arbeitsplatz und

die Tanzstätte, sofern wir da überhaupt jemand zu fassen bekommen. Den Kollegen der Polizeistation habe ich die Meldung schon gefaxt. Wenn ich das Foto habe, dann informiere ich die örtlichen Taxiunternehmen und die LVG. Die Fahrer kommen viel rum und vielleicht ist ihnen etwas aufgefallen. Eine kurze Beschreibung der Vermissten an die örtlichen Pressevertreter kann auch nicht schaden. Wenn wir bis zwölf Uhr keine konkreten Anhaltspunkte haben, stelle ich die Fahndung offiziell ins INPOL. Gibt es hierzu noch Fragen?"

Gleichzeitig klingelte es an der Haupteingangstür. Malte kam mit einer Frau im Schlepptau zurück. „Stina, Frau Soller für dich."

„Vielleicht sollten wir die örtlichen Hafenmeister und unsere Politessen noch verständigen. Die hören und sehen auch jede Menge" steuerte Hans seinen ersten konstruktiven Beitrag bei.

„Ja prima. Wenn Frau Soller das Bild von Frau Quartz dabei hat, kannst du das auch gleich alles in die Wege leiten."

Erika Soller nickte unmerklich und flüsterte mit unheilschwangerer Stimme: „Simone ist bestimmt tot."

Allen, selbst Hans, fröstelte ein wenig.

006

Die Sonnenstrahlen spiegelten sich glitzernd im Wasser der Trave und tauchten die lockeren Nebelschwaden in gold-farbene Wattebäuschchen. Nebenbei erwärmten sie den

Gastraum der Stadtbäckerei Junge, der in erster Reihe direkt an der Trave gelegen ist. Hier saß ich, zusammen mit mei-nem XO, beim Frühstück am Eckfenster zur Trave. Kurz zuvor passierte die ‚Peter Pan', der TT-Line Reederei aus Travemünde, unseren Standort. Ich war diesen Anblick, durch häufige Anwesenheit bereits gewohnt, aber freute mich jedes Mal aufs Neue über diese Szenerie. Groß-schifffahrt zum anfassen.

Bis auf einen Brötchenkunden befanden wir uns allein in dem Cafe. Auch in der Vorderreihe konnte ich noch nicht viel Bewegung ausmachen. Der Kaffee munterte Claus langsam auf. Er blickte von seiner Wirtschaftszeitung hoch.

„Heute schmeckt das Franzbrötchen wieder Weltklasse" meldete er sich zu Wort.

„Ah. Guten Morgen. Ich dachte, du schmeckst außer Kaffee

um diese Zeit noch nichts ?" Ich musste grinsen. Claus war mir ein super angenehmer Zeitgenosse. Nur morgens brauchte er ein wenig mehr Anlaufzeit.

„York, dieser Duft, dieser Blick, die Ruhe und dieses Franzbrötchen mit Kaffee – einfach herrlich ! So kann der Tag doch immer beginnen." Claus taute zusehends auf. Zwei Kunden betraten das Geschäft, wovon eine ältere Dame mit einem Rollator hantierte.

„Mein Reden. Es lohnt sich früh aufzustehen. Man hat mehr vom Tag und erwischt meist einen besinnlicheren Start. Mein Cappu ist gleich alle. Ich werde mir noch einen besorgen. Soll ich dir noch einen Kaffee mitbringen ?" Ein hysterisches Lachen schallte durch die Räumlichkeit.

„Das wäre super. Schließlich möchte ich den Morgen auch entsprechend genie..." Claus Gesichtsausdruck drückte Erstaunen aus. Geschirr knallte mit Getöse zu Boden und zerschellte. „Dreh dich mal um. Die Pilotin vom AOK-Ferrari hat einen Crash gebaut." Claus feixte. „Sie ist dem

Herrn direkt in die Parade gefahren. Einfach die Vorfahrt genommen. Ohne zu bremsen. Unglaublich. Eine Geisterfahrerin im Stadtbäcker."

Fluchend versuchte der Mann mit einer Serviette seine kaffeegetränkte Hose zu säubern. Dabei stieß er mit dem Kopf auch noch gegen eine Tischkante. Schwankend und laut schimpfend entfernte sich mittlerweile die Pilotin. „Jetzt begeht sie auch noch Fahrerflucht" belustigte sich Claus und beobachtete die etwa achtzigjährige Frau weiter.

Währenddessen stellte ich mich an den Tresen und bestellte unsere zwei heißen Getränke. „Geben sie mir bitte ihre Treuekarte" forderte mich die flotte Verkäuferin auf. Ich reichte sie ihr. Im gleichen Moment nahm ich Claus aus den Augenwinkeln wahr, wie er mit einem „...das gibt es doch gar nicht..." an mir vorbei, nach draußen stürzte.

Ich steckte das Wechselgeld sowie die Karte ein und versuchte den Grund von Claus seiner überstürzten Aktion auszumachen. „Ungewöhnlich von ihm" ging es mir dabei durch den Kopf.

„Sehen sie nur" rief die Verkäuferin erstaunt und zeigt mit der Hand zum Traveufer.

Verdutzt registrierte ich, dass mein XO im Begriff war, ein Bad in der Trave zu nehmen. Hastig entledigte er sich seiner Jacke, riss sich Pullover wie Shirt vom Leib. „Was war nur im Kaffee gewesen ? Oder trank er heimlich ? Hätte ich das merken müssen ?" Meine Gedanken rasten. „Quatsch ! Mit dem ist alles in Ordnung." Schnell hastete ich nun durch den Terrassenausgang hinterher und sah gerade noch wie Claus in Jeans und freiem Oberkörper in die Trave hechtete.

„Scheiße !"

Am Kai angekommen, tauchte er prustend auf.

„Moment" japste er und tauchte wieder ab.

Das Letzte was ich sah, waren seine Schuhsohlen.

007

Die teuren Bettfedern quietschten hässlich und die hohe Frequenz bohrte sich schmerzhaft ins Hirn, als sich Lucky von der rechten auf die linke Seite wälzte. „Ich hätte doch das Wasserbett nehmen sollen" tadelte er sich. In seinem

Kopf spürte er ein unangenehmes Hämmern. „Vielleicht hatte er letzte Nacht doch zuviel Alkohol zu sich genommen." Die dazu eingeworfenen Pillen putschten ihn anfangs mächtig auf.

Er erinnerte sich, dass er in bester Partystimmung war. „Eine Nacht für Helden und zum Helden zeugen." Mit seinem athletischen Aussehen und dem gewinnenden Lächeln fiel es ihm nie schwer, Mädels ‚klar' zu machen, gleich welchen Alters. Das Talent nutzte er reichlich. Schließlich war es seinem Job ebenfalls zuträglich. Nur jetzt befürchtete er gerade, dass sein Kopfumfang sich über Nacht verdoppelt hatte. Fahrig betastete er seinen Kopf.

Vom Ergebnis beruhigt, versuchte er sich aufzusetzen. Seine Hände tasteten sich dabei zur Zigarettenschachtel vor. „So ein Sargnagel…" er verzog dabei sein Gesicht zu einem grinsen. „Dem Sensemann würde er noch auf dessen Grab pinkeln." Unruhig tastete er weiter. Seine Augen versuchten sich an das abgedunkelte Zimmer zu gewöhnen. „Ah, hab ich sie" freute Lucky sich, der eigentlich auf den Namen Lukas getauft war. „So ein Sargnagel wird mir frisches Leben einhauchen." Er hielt inne. Das war ein Oxymoron. Dazu noch eines, was er sich selbst hat einfallen lassen, wenn auch

mehr zufällig. „Ist doch etwas aus der nutzlosen Schule hängen geblieben" wunderte er sich. „Nun, Schnee von gestern." Er stutzte. „Ups - war das wieder ein Oxymoron ? Mit ein paar kleinen Lebensaufhellern" wie er sie nannte, „konnte er wirklich klarer denken."

„Ja, die scheiß Schule. Vergeudete Zeit." Mit fünfzehn hatte er den ganzen Quatsch geschmissen. „Entgegen der Meinung seiner Lehrer und Eltern, obwohl die Eltern nicht viel Meinung dazu hatten, ist aus ihm doch etwas geworden" sinnierte er. „Er hatte eine kleine eigene Wohnung, einen Fernseher mit Playstation3, einen neuen Jetski mit einhundertfünfundfünfzig PS, der achtzig Stundenkilometer schnell sein konnte und einen neuen dreier BMW Cabrio. UND DAS

BEREITS MIT GERADE ZWANZIG ! Seine alten Mit-
schüler hingegen lebten noch zuhause, fuhren Fahrrad, be-
suchten irgendwelche weiterführende ,Bildungseinrichtun-
gen'. Alles vor'm Arsch" kicherte er. „lucky Lucky." Das gefiel ihm.

Mit dem vertrauten Zipp Geräusch spendete sein Zippo der
Fluppe das notwendige Feuer. Dabei rutschte er wieder in
die seitliche Liegeposition. „Nun geht's voran" motivierte er
sich.

Sein Mund fühlte sich ausgetrocknet an, die Luft im Schlaf-
zimmer roch stark säuerlich. Der Zigarettenqualm linderte
diesen Eindruck nicht. „Was war das bloß für ein widerlicher
Geruch ?" Genervt schaltete Lucky den LED Strahler über
dem Bett an. Mühsam gewöhnten sich seine Augen an die
plötzliche Helligkeit. Im Zimmer verstreut lagen seine
Klamotten, welche er gestern an- und wohl auch wieder aus-
gezogen hatte. Alles da. „Die blaue Replay Jeans, das blaue
Hollister Shirt, das hellblaue Arqueonautas Hemd, der hellblaue BH, die blaue Cappy, die …"

Irritiert schaute er noch einmal genauer hin. Kein Zweifel.
„Wieso ein blauer BH ? Ich bin doch keine Transe !" brauste
er innerlich auf. Seine Erinnerung wies erhebliche Lücken

auf. „Scheiß Pillen" fluchte er. Beunruhigt ließ er seinen
Blick weiter durchs Zimmer wandern. Dazu musste Lucky
sich weiter umdrehen, was ihm sichtlich schwerfiel.

Auf dem Fernseher hing ein ihm fremdes, pinkfarbenes Shirt,
mit lauter Strasssteinen bestückt, welche einen Raubvogel
darstellen sollten. Ihm schauderte. Der seitlich stehende
Stuhl war offenbar umgekippt und mit weiteren weiblichen
Kleidungsstücken belegt. „Ich nehme doch nie eine Alte zu
mir mit nach Hause" beschwichtigte er sich träge. Widerstrebend schaute er auf seine Doppelbetthälfte.

Seine Augen blieben am zweiten Kopfkissen und der zweiten

Bettdecke hängen. Das Seidenkissen war mit Erbrochenem übersät und unter der blutverschmierten Seidendecke lag offensichtlich ein Körper.

Bewegungslos.

008

Routinemäßig wurden alle wichtigen Daten der Vermissten aufgelistet. Das Foto von Simone Quartz zeigte eine lebenslustige und hübsche Frau. Die Aufnahme stammte von einer Geburtstagsparty im letzten April. Somit konnten sie mit diesem aktuellen Foto hervorragend arbeiten. Ein gutes Fahndungsfoto erleichterte die Polizeiarbeit ungemein.

POK Stina Wallison bot Erika Soller einen Kaffe an, nachdem sie das Foto vervielfältigte. Dankbar nahm sie den Becher entgegen. „Ohne alles bitte." Dabei versuchte sie zu lächeln. Erika Soller saß still, blass und zusammengesunken auf der harten Holzbank, neben der Polizeioberkommissarin.

Wallison kannte das nur zu gut. Nach anfänglichen Panikattacken fallen die Personen in sich zusammen, wenn der Stress nachlässt. Frau Soller befand sich nun in diesem Stadium. Sie musste sonst wesentlich jünger aussehen, als es ihr Pass vorgab. Diese Ungewissheit ging ihr augenscheinlich sehr nah. Unauffällig gab Stina Hans ein Zeichen. „Hier sind die Kopien, welche du bitte an die besprochenen Stellen weiterleitest" sagte sie in gedämpfter Lautstärke. Hans nickte wissend.

Wallison gab ihr noch etwas Zeit. Alles, was sie tun konnten, war in die Wege geleitet. „Haben sie jemanden der sie abholen kann?" fragte sie behutsam.

Nach einem Augenblick der Stille antwortete Frau Soller leise: „Danke. Es geht schon. Es wird mir guttun, wenn ich einen kleinen Spaziergang an der frischen Luft mache. Bis zum Mühlenberg ist es auch nicht weit und meine Mutter wohnt bei mir. Noch einmal vielen Dank für ihr Verständnis und ihre Mühe."

Gerade nachdem Wallison Frau Soller aus dem Revier geleitet hatte, kam ein wasserseitiger Notruf herein. Wallison zögerte keinen Moment. „Team eins und zwei, wir nehmen beide RIB und Hans, du forderst den Notarzt an. Taucher auf standby."

Während sie zu den orangefarbenen Schlauchbooten eilten, legten alle routiniert ihre blauen Secumar Rettungswesten an.

009

Den in unmittelbarer Nähe hängenden Rettungsring riss ich mit einem Ruck aus der Halterung, ebenso wie die Rettungsstange. Mit den zwei Utensilien lief ich zurück. An der Kaimauer wieder angekommen, tauchte gerade Claus linke Hand an der Wasseroberfläche auf, nur zwei Meter von mir entfernt. Sein rechter Arm befand sich noch unter Wasser. Er prustete, zappelte und hustete.

Eine Sekunde später zerrte Claus seinen rechten Arm nach oben, die AOK-Ferrari Pilotin im Schlepptau. Ich staunte nicht schlecht. Zur Unterstützung warf ich ihm den Rettungsring gezielt zu und kletterte, die Rettungsstange balancierend, auf der gelben Ausstiegsleiter abwärts.

Claus näherte sich und stieß lautstarke Verwünschungen aus. Im gleichen Moment hörte ich Außenbordmotoren mit hoher Drehzahl heraneilen. Die WaschPo.

Ich konzentrierte mich weiterhin auf Claus und seine unfreiwillige Begleitung. Er griff nach dem Metallring, sodass ich ihn praktisch an der Angel hatte. Sirenengeheul ertönte jetzt über mir. Sicherlich ein Notarzt. Das klappte ja.

„Motor drosseln und längsseits gehen" vernahm ich eine deutliche und befehlsgewohnte Stimme, die mir sehr vertraut erschien. „Behutsam aufstoppen und auskuppeln." Stina. Situationsbedingt konnte ich meine Freude verbal nicht zum Ausdruck bringen.

Mit vereinter Hilfe gelang es uns, beide innerhalb fünf Minuten an Land zu bringen. Der Notarzt nahm sich sogleich der Pilotin an. Die Wiederbelebungsversuche zeigten rasch Erfolg. „Ewald, bist Du es?" hörten wir sie rufen. „Mein Ewald war gerade da…" Die Hecktüren vom Notarztwagen klappten zu und schon setzte sich der Wagen in Bewegung.

„Super" machte sich Claus bemerkbar. „Ewald habe ich das Bad zu verdanken. Wer kümmert sich eigentlich um mich?" Fröstelnd schaute er sich um.

„Abhilfe naht schon" munterte ich ihn auf. Mit einem Handtuch bewaffnet, kam die freundliche Verkäuferin aus dem Pier 27 auf uns zu.

Lachend begrüßte sie uns. „So ein Bad am Morgen vertreibt Kummer und Sorgen" strahlte sie Claus an und reichte ihm das Handtuch.

„Mit dem Bad fing der Kummer erst an" erwiderte er trocken. Soll ich mich jetzt hier meiner ganzen Kleider entledigen ?" fragte er entsetzt. „Trockene Sachen habe ich auch keine mehr."

„Sieh einer an - unser Claus" lachte eine mir ebenfalls bekannte Stimme. „Mit Kleidern baden, das kenne ich. Das macht aber nur Spaß, wenn man vorher sein Handy und den Fotoapparat entnommen hat." Das konnte nur Odin sein.

„Das Handy war zum Glück in der Jacke" murmelte Claus.

„Dann konntest du es ja genießen" hörte ich Odin lachen.

„Moin Jungs. Was gibt's ?" Jetzt entdeckte ich auch unseren Kumpel Litze. „Wo gibt's denn den Kaffee ? Mensch Claus, warst du schon angeln ? Bist auf Großfisch aus gewesen ? Da musst du dir für nächstes Mal eine größere Angel besorgen. Dem Angelshop um die Ecke solltest du einmal einen Besuch abstatten." Litze lachte.

„York, geht ihr doch schon mal Kaffee trinken. Claus kann sich bei uns in der Umkleide rasch umziehen. Ein paar Sachen finde ich schon für ihn."

„Hallo junge Frau. Muss ich erst in die Trave springen oder darf ich mich gleich mit ihnen umziehen ?" Litze, seines Zeichens Paartherapeut, untermalte seine Frage mit einem anzüglichen Grinsen.

„Gerne, ab zehn Uhr haben wir geöffnet. Meine Chefin freut sich besonders über jeden zahlungskräftigen Kunden." Sie nahm Claus Jacke auf und entschwand mit ihm zum Hintereingang des Shops.

„Okay, war ein bisschen plump," meinte Litze zu mir „aber i

ch bin auf Entzug."

„Wo Action ist, bist du auch nicht weit" erklang die wohltönende Stimme von Stina Wallison hinter mir.

Ich hatte nicht bemerkt, dass sie sich angenähert hatte und drehte mich um. Ihre großen dunklen Augen blickten zu mir. Ihr sinnlicher Mund zeigte eine Spur von Belustigung, aber eben nur eine Spur. Unter der Uniform erahnte ich, naja schließlich wusste ich es, ihre ästhetischen Linien. Erotik pur.

Mein Kopfkino sprang prompt fantasievoll an – um ähnlich rasch wieder zu enden. Stina befand sich im Dienst. „Dienst ist Dienst und Schnaps ist Schnaps". So hatten wir es abgesprochen. Stina jedenfalls. Deshalb gönnte ich mir noch drei Sekunden Verzückung. Gerade so viel, dass es mir den Atem nahm und gerade noch so wenig, dass ich sie nicht sofort in den Arm nahm und zärtlich streichelte und küsste. „Wir waschen unsere Hände in absoluter Unschuld, Frau Oberkommissarin" lächelte ich sie verzückt an. „Ein frühes Frühstück mit Handicap so zusagen."

„Richte Claus bitte aus, dass er bis vierzehn Uhr im Revier vorbeischaut, um eine entsprechende Aussage zu Protokoll zu geben." Ihr Tonfall klang sachlich und spröde.

„Jawohl, Kommissar. Sie können sich darauf verlassen. Wenn

es sein muss, dann werde ich den Delinquenten persönlich zum Revier schleifen." Mein Tonfall entsprach dem eines devoten Stiefelleckers. Allein mein Gesicht strafte ihn Lügen.

„Entschuldige" begann Stina abmildernd „du weißt, ich bin im Dienst." Unauffällig scannte sie schnell die Umgebung. „Okay, bis heute Abend dann" raunte sie mir zu. „Ich freue mich riesig!" Dabei deutete Stina einen Kuss an. Geht doch.

010

Wie ein Kaninchen auf die Schlange starrte Lucky auf die reglose Bettdecke. Einerseits kroch Ärger in ihm hoch über das versaute Bettzeug. Es hatte einen Batzen Euros gekostet. Andererseits fürchtete er sich vor dem, was er unter der Bettdecke vorfinden würde.

Angespannt versuchte er seine schwarzen Erinnerungslücken zu schließen. Nach ein paar Minuten gab er es auf. Es half nichts.

Mit Daumen und Zeigefinger fasste Lucky vorsichtig am nächsten Zipfel der Maulbeerseidendecke, dort wo das feine Blau nicht mit Blut oder Kotze verunreinigt war. Langsam zogen seine zitternden Finger die Decke zurück.

Schneeweiße, ihm unbekannte Beine, streckten sich ihm entgegen. Er zog mit einem flauen Gefühl in der Magengrube weiter. Der zarte Körper war rasiert und für seinen Geschmack viel zu dünn. In seinem Kopf wummerte es, wie seinerzeit auf dem Techno Truck der Loveparade.

Lucky nahm alle innere Kraft zusammen, riss nun beherzt die komplette Decke vom Bett und erschrak bis ins Mark. Sein Magen zog sich schmerzhaft zusammen.

Diesen Anblick hatte er gefürchtet.

Leblose Augen starrten ihn an. Das Gesicht kam ihm bekannt vor. Ein Sturm tosender Gedanken entfachte sich in seinem, zum Bersten drohenden Kopf.

Top Umsätze - Club – unzählige Flying Hirsch – Acidhouse – Lebensaufheller – Paaaarty – und auf dem Rückweg Laura getroffen.

34

Er musste schnell handeln. Bei ihm durfte man Laura nicht finden. Sein Hirn musste er auf Touren bringen. „Frauen bereiten zuhause immer Probleme und sind sowieso alles Schlampen." Im Badezimmerspiegel blickten ihm stark erweiterte Pupillen entgegen. Ermattet schmiss er sich mit einem Schluck lauwarmem Wasser eine rosa Pille ein.

In Luckys Hirn kam Leben. Es entwickelte sich eine Idee.

011

Auf dem WaschPo Revier kehrte wieder die übliche Routine ein. Die Kaffeemaschine ächzte und fauchte. Lange würde sie es nicht mehr machen. In absehbarer Zeit musste eine Neue her.

Die RIB Boote lagen wieder gut vertäut am Steg. Der kurze Rettungseinsatz war erfolgreich beendet. Stina Wallison freute sich über den reibungslosen Ablauf. Ihr Team funktionierte, wenn es darauf ankam. Malte kümmerte sich derweilen um den Einsatzbericht.

„Es fehlte nur noch die Aussage von Claus Bolt" bemerkte Malte.

„Bis Mittags erscheint der Teufelskerl. Da wäre nicht jeder hinterher gesprungen."

„Ist ja auch ein Freund von DEINEM York." Malte betonte das Wort DEINEM besonders.

Stina ging nicht auf die Bemerkung ein, gestattete sich aber einen kurzen Gedanken an York. „Was hatte die alte Dame für ein Glück" überlegte Stina laut. „Hans ermittelt gerade die Personalien der Frau."

Kaum hatte sie es ausgesprochen, da wedelte Hans mit einem Zettel vor ihrer Nase und brachte Karl Vögele, von der TA, im Schlepptau mit. „Erwischt" grinste er. „Die Frau heißt Hermine Reuse und lebt alleine in der Kurgartenstrasse. Ewald, die Person, welche Frau Reuse in die Trave gelockt haben soll, könnte ihr verstorbener Ehegatte sein. Ewald Reuse war ab neunzehnhundertfünfundsiebzig sechs Jahre Kapitän auf der ‚Nils Holgersson'. Er verunglückte einundachtzig, unter ungeklärten Umständen an Bord, das heißt, er ging hier in der Trave über Bord. Jetzt stellt er als Untoter seiner Witwe nach und lockte sie erfolgreich in die Trave." Hans kicherte über seinen Scherz. „Frau Reuse hat gestern ihren einundachtzigjährigen Geburtstag gefeiert. Vielleicht ein wenig zu heftig und deshalb sind ihre Sicherungen durchgebrannt. Laut dem behandelnden Arzt vom Krankenhaus hat sie den Badeausflug ohne Schaden überstanden" beendete Hans seinen Bericht. „Herr Vögele für dich, Stina. Er wollte nur mit dir sprechen" sagte er ein wenig angesäuert. Dabei deutete er hinter sich.

„Hallo Karl" begrüßte Stina ihn herzlich. „Setze dich doch bitte. Kaffee?"

„Danke nein. Ich komme gerade vom Sport aus dem a.Rosa. Mein Puls ist bereits hoch genug." Er rückte seinen Stuhl ein Stück näher an den Tisch heran. „Stina, ihr habt doch heute eine Suchmeldung rausgegeben." Karl machte eine Pause.

„Ja?" hakte Stina nach.

„Heute Morgen habe ich den schönen Sonnenaufgang fotografiert. Nun ja, ich war gerade fertig, da habe ich ein Objekt in der Trave ausgemacht, also eigentlich etwas ganz Profanes. Ich will eure Arbeit nicht…"

„Karl, komme bitte auf den Punkt. Jeder Hinweis ist wichtig, sei er noch so unbedeutend" unterbrach Stina.

„Na gut." Er kramte in seiner Tasche und holte einen gefalteten DIN A4 Zettel hervor. „Ich weiß nicht einmal, warum ich das Foto geschossen habe. Schau mal. Es sieht ein wenig nach der Tasche der Vermissten aus – oder ?" fragte er ein wenig unsicher.

„Auf jeden Fall ist das ein Louis Vuitton Logo. Erkennt doch jede Frau, Karl" grinste Stina. „Wo genau war denn dieser Gegenstand ?" Karl beschrieb genau die Stelle und nannte die Uhrzeit. „Vielleicht haben wir Glück, wenn sie nicht schon abgesoffen ist. Heute haben wir weder Wind noch merkbare Strömung. Hans und Malte, ich habe eine besondere Aufgabe für euch."

Nach kurzer Besprechung machten die beiden Polizisten eines der RIB Boote klar.

„Ich habe vielleicht auch noch etwas für dich" hielt Stina Karl zurück, der gerade aufbrechen wollte. Mit wenigen Worten beschrieb sie ihm den morgendlichen Einsatz, die Geschichte um Hermine Reuse und Claus heldenhaften Einsatz. „Vielleicht ist das ein Artikel wert ? Zivilcourage auch in Travemünde oder ähnlich."

„Eine tolle Story. Das passt. So etwas ist genau das Richtige für uns. Da wird sich Helge hinterklemmen. Ich schieße die Fotos. Der Name Claus Bolt kommt mir irgendwie bekannt vor."

„Mag sein. Das ist doch ein Freund von York."

„Genau. Jetzt erinnere ich mich. Netter Typ. Wie kann ich den erreichen ?"

„Ich denke über York. Ihr seht euch doch regelmäßig beim Sport im a.Rosa. Bis Mittag kommt Herr Bolt noch rein, um seine Aussage zu machen. Wenn du Zeit hast, dann kann ich dich zeitnah anrufen?" Das Faxgerät piepste und kündigte den Eingang einer Sendung an.

„So machen wir es, Stina. Ich muss jetzt noch einige Fotos auf der ‚Passat' machen. Da muss ein Künstler abgelichtet werden, welcher im Juli in der Kunstwerkstatt ausstellt." Karl verabschiedete sich.

Wallison warf beiläufig einen Blick auf das Fax und erhaschte die Überschrift: VERMISSTENMELDUNG. Abrupt hielt sie inne. „Schon wieder eine Vermisstenmeldung?" Sie überflog die sachlichen Angaben. Laura Oertler, Jahrgang 1996, Schülerin, wohnhaft in Bad Schwartau, Am Mühlenteich. Rotblonde Haare. Ihre Eltern hatten die Vermisstenmeldung aufgegeben. Letztmalig gesehen am Montag früh. Sie wollte mit dem Bus zum Lübecker Johanneum Gymnasium fahren. Dort ist sie nicht erschienen.

Stina Wallisons Nackenhaare sträubten sich.

012

Der Stadtbäcker war nun deutlich belebter. Der Travemündefunk funktionierte ausgezeichnet. Die „Badeaktion" avancierte zum Haupttagesthema. Fast jeder Gast wollte von den Verkäuferinnen einen Bericht aus erster Hand erhalten. Meine Dankbarkeit galt dem Personal, welche uns aus der Diskussion hielt.

Gerade brachte Litze die nächste Cappuccino Runde an den Tisch, bereits mein Dritter, sowie für sich die zweite Runde mit zwei Hähnchencrossern. „Ich mache jetzt zwei Diäten" er hob entschuldigend seine beiden Schultern an und fuhr weiter fort „von einer allein werde ich nicht satt." Zufrieden führte er sich eines der Brötchen zu. Am Nachbartisch saß offensichtlich ein Vegetarier, der sein Gesicht missbilligend verzog. Litze entging dies nicht und murmelte: „Früher starben die Menschen mit fünfunddreißig Jahren, heute schimpfen sie bis fünfundneunzig auf die Chemie.

Danach erhob er seine Stimme gerade so laut, dass es am Nachbartisch gehört werden musste. „Vegetarisches Frühstück finde ich große klasse. Noch ein bissl Hähnchenfleisch aufs Brötchen, vielleicht einen Scampi dazugeben, sowie mit Käse überbacken – voll lecker !" Dabei ließ er einen schmatzenden Laut ertönen. Der Nachbartisch leerte sich augenblicklich. Gerade rechtzeitig, denn ein strahlender XO erschien in topmodischer Kleidung und profitierte von dem freigeworden Stuhl. Der Stadtbäcker platze aus allen Nähten. „Ich habe mich komplett neu eingekleidet" schwärmte er. „Die Chefin vom Pier 27 hat mir spontan vierzig Prozent auf alle Teile eingeräumt. Da habe ich die Gunst der Stunde wahrgenommen und zugeschlagen. "

„Vierzig Prozent ?" staunte Litze. „Da gehe ich gleich einmal nach nebenan."

„Da musst du erst einmal eine alte Dame aus der Trave retten, ansonsten ist da nichts drin" griente Claus „so oft wird das hoffentlich nicht vorkommen. Wenn ihr das mitbekommen hättet, mit welcher Freude sie in die Trave gejumpt ist, unglaublich. Wie ein Stein ist die abgesackt. Was für ein Glück, dass ich sie gleich beim zweiten Tauchversuch erwischt habe. Da sieht man fast gar nichts." Claus zitterte am ganzen Körper und erst jetzt fiel die Anspannung von ihm ab. „Für solche Eskapaden bin ich zu Alt" stellte er nüchtern fest.

„Na-na. Der französische Schauspieler Maurice Chevalier sagte einst: *Ein Mann mit weißem Haar ist wie ein Haus mit Schnee auf dem Dach. Es beweist noch lange nicht, dass im Herd kein Feuer ist*" munterte Odin ihn auf. „Wollten wir heute nicht segeln gehen oder mögt ihr nicht mehr ?"

„Viel Wind gibt es nicht, aber vor die Tür schauen sollten wir schon" sagte ich. Litze nickte zustimmend. „Wir..."

„Ähem" unterbrach mich Claus vorsichtig. „Ich mag es gar nicht erwähnen." Fragend blickten wir ihn alle an. „Meine ‚Ray-Ban' Sonnenbrille liegt noch in der Trave" kam es ihm zerknirscht über die Lippen.

„Wie ? Deine neue ‚Ultra Caravan' ? Dieses sündhaft teure Nasenfahrrad ? Ich habe dir doch gleich gesagt, die wird nicht alt werden." Odin schüttelte den Kopf.

„Sie steckte in der seitlichen Beintasche der Jeans und muss bei dem Sprung ins Wasser gleich mit abgetaucht sein."

„Okay XO" begann ich. „Da hilft alles Hadern nichts. Da wirst du noch einmal abtauchen müssen, wenn du sie nicht abschreiben willst. Die Chancen stehen nicht besonders gut, aber ein Versuch ist es Wert. Dreihundertfünfzig Teuronen sind ein kraftvolles Argument. Ich schlage vor, ich hole die ‚o.li' an den Kai. So können wir dich absichern. Eine Tau-

cherbrille und eine Unterwasserlampe, ist sowieso an Bord. Was meinst du ?"

„Wäre schon gut, York. Zumindest möchte ich es einmal probi..."

„Das passt ja gut" fiel ich ihm ins Wort. „Ich sehe gerade den Bootsmann drüben an der Aral Bunkerstation mit der ‚Mary' abfahren. Mal hören, ob Harry oder Jochen im Dienst ist. Einen Moment bitte." Ich stellte eine Verbindung her. Harry war heute im Dienst. Ich lotste ihn zum Kai.

„Harry pickt mich jetzt hier auf und setzt mich rüber zum Steg B. In zwanzig Minuten bin ich zurück. Wenn ihr dann bitte die Festmacher annehmt. Bis gleich."

„Alles wird gut, Claus" tröstete Odin und schlürfte an seiner Apfelschorle. „Mein Tag wird auch nicht günstiger. Elvira ist nach Hamburg, um Sommerschuhe zu suchen. Unter fünfhundert Euro werde ich nicht davonkommen." Odin tat auf bekümmert. „Ihr wisst es doch. Das Wort Kaufrausch kann man(n) nicht ohne Frau schreiben."

„Oh, schaut mal da. Ist das dort nicht der Formel-1-Reporter. Wie heißt der denn doch gleich ? Ach ja. Kai Ebel. Oder etwa doch nicht ? Sieht ihm jedoch verdammt ähnlich" Litze, der Speedjunkie, zeigte auf eine Person am Kreuzfahrtterminal.

„Du und dein Autofimmel" schaltete sich Claus ein. „Viel interessanter ist der junge Typ da drüben, in der weißen Blousonjacke. Das ist der Eigentümer der Makak Reederei. Müsste so Mitte dreißig sein und besitzt einen eigenen Schüttgutfrachter. Das ist der hundertzwanzig Meter lange, grünweiße Frachter mit den drei roten Kränen an Deck. Habt ihr bestimmt schon mal gesehen. Privat besitzt er eine zwanzig Meter Sunseeker Motoryacht. Einen Ferrari sowie einen Bentley soll er auch haben. Da steckt richtig Kohle hinter. Er hat das alles selbst aufgebaut. Ein Selfmade Millionär wie er im Buche steht. Der stellt etwas dar."

„Ist doch so etwas von egal" wandte Odin ein. Solche Typen kenne ich zur Genüge. Die sind auch nicht glücklicher durch ihre Protzereien. Das sind doch nur luxuriöse Äußerlichkeiten und sagen nichts über den Menschen aus. So einer weiß doch nie, warum Jemand seine Nähe sucht. Eigentlich muss man den Mann bedauern. Mit Geld kann man nicht alles kaufen, vor allem nicht ein liebendes Herz. Sex natürlich – nur keine reine Liebe. Er wird sich über mangelndes Interesse sicher nicht beklagen können, aber wegen dieser materiellen Dinge wird er als Person doch nicht geliebt. Die meisten tragen eine innere Leere in sich und versuchen diese mit Luxus zu kompensieren. Wenn materielle Güter mit Liebe und Zufriedenheit einhergehen, dann müssen fast alle Deutschen jeden Morgen mit einem breiten Grinsen aufstehen" redete sich Odin in Rage. „Tun sie aber nicht! Geld und Konsum haben definitiv nichts mit Zufriedenheit zu tun. Temporär im begrenzten Maße ja, aber der Befriedigungszyklus wird ständig kürzer und gefräßiger. Schon George Bernhard Shaw sagte: *Es ist nicht schwer, Menschen zu finden, die mit sechzig Jahren, zehnmal so reich sind, wie sie es mit zwanzig waren. Aber nicht einer von ihnen behauptet, er sei zehnmal so glücklich.* In unserer Gesellschaft wird leider viel zu viel auf Äußerlichkeiten wert gelegt" endete Odins wortreiche Rede.

„Dennoch" hielt ihm Claus trotzig entgegen „Jürgen Makak ist Hauptsponsor und Präsident eines Lübecker Sportvereines, in zwei Aufsichtsräten vertreten, engagiert sich in mehreren sozialen Projekten und Bundesverdienstkreuzträger. Er war sogar vor zwei oder drei Jahren Unternehmer des Jahres." Claus war sich sicher, Odins Argumentationsgrundlage erschüttert zu haben.

„Na und? Das war ich zweitausendeins auch. Deshalb war ich kein besserer Mensch" hielt ihm Odin entgegen. Claus und Litzes Gesichter drückten Erstaunen aus. „Glücklicher schon gar nicht. Früher war ich viel rücksichtsloser. Auch zu mir selbst. Erst York hat mir eine neue Sicht auf das Leben

erschlossen. Ich arbeite noch daran. Ab und zu erleide ich noch einen Rückfall, aber ich bin auf einem guten Weg, denn…"

„Wir sollten rausgehen" rastete Claus ein und war froh das Thema nicht weiter vertiefen zu müssen. „Da kommt York mit der ‚o.li' angefahren. Ich helfe ihm das Boot sicher an der Kaimauer zu vertäuen"

013

Am Steg B war heute nicht viel Betrieb. Neben Deik, wir liegen quasi Bug an Bug am Steg, der im Cockpit seiner Segelyacht ‚Nathalie' hantierte, meinen Nachbarn Piet und Ina von der Segelyacht ‚Beziehung', auf der ich noch keinerlei Aktivitäten wahrnahm, entdeckte ich nur Gib auf seiner klassisch geschnittenen Spirit 46.

Als erstes vertäute ich das rote Dinghi an der Heckleiter. Danach trennte ich ohne Hast die Stromverbindung, startete den Motor, löste die vorderen Festmacher und warf sie auf die Stegbohlen.

Das Wasser im Hafen zeigte sich Spiegelglatt. Ein größeres Schiff konnte ich auch nicht ausmachen, sodass ich nicht von einer unangenehmen Sogwirkung ausgehen musste, welche durch die enorme Wasserverdrängung der Schiffe entsteht. Selbst hier im Hafen, etwa sechzig bis siebzig Meter querab, machte sich so etwas bemerkbar.

Durch einfache Muskelkraft zog ich das Boot an den hinteren Festmachern langsam zurück. Die Leinen legte ich jeweils auf den entsprechenden Dalben ab. Das Ruder nach Backbord eingeschlagen, gab ich behutsam Gas und querte die Trave hinüber zum Kreuzfahrtterminal. Unterwegs bereitete ich einen zweiten Satz von Festmachern, jeweils an der Steuerbordseite am Bug und dem Heck so vor, dass ich diese bequem erreichen und einsetzten konnte. Kurz vor dem Erreichen des geplanten Anlegeplatzes, drosselte ich die Geschwindigkeit und stoppte zielgenau auf. Das Anlegemanöver am Kai klappte reibungslos. Claus und Odin nahmen die Festmacher an und fixierten die Scalar 40 routiniert mit jeweils einem Palstek an den Eisenklampen vom Kai. Die vorher steuerbordseitig ausgelegten Fender pufferten die Segelyacht zum Betonkai hin ab.

Mit einem kleinen Satz setzte Claus auf die ‚o.li' über. In der Achterkajüte suchte er sich seinen kurzen Neoprenanzug, die Flossen nebst Taucherbrille und die starke Hartenberger Unterwasserlampe heraus. Währenddessen er sich umzog, bereitete ich die Sicherungsleine vor. Schließlich betrug die Wassertiefe hier zehn Meter. Ein Wunder, dass er die alte Dame rausfischen konnte. Wir wollten kein unnötiges Risiko eingehen. Persönlich wertete ich die Chance, dass Claus die Brille fand, auf weniger als ein Prozent. Odin bestieg über das Heck das mitgeführte Beiboot.

„Claus, die Leine habe ich auf fünfundzwanzig Meter begrenzt. Mehr als fünfzehn Meter im Halbradius macht keinen Sinn. Ich weiß, du bist ein guter Wassersportler, aber maximal drei Versuche. Danach brechen wir den Versuch definitiv ab. Für den Fall, dass sich ein Sportboot nähert, hält sich Odin mit dem Dingi längsseits zur ‚o.li' und deckt dich zur Wasserseite ab. Litze wird am Heck Ausschau halten. So kannst du dich auf das Suchen konzentrieren. Nach spätestens dreißig Sekunden zieh ich dich hoch, wenn du noch nicht wieder an der Oberfläche erscheinst. Okay? Alles verstanden?

Claus nickte und sprang, die Lampe in der linken Hand und

die Maske mit der rechten fixierend, vom Bug ins Wasser. Mit dem Daumen schaltete er das Licht ein und tauchte augenblicklich ab.

Schon vor Ablauf der dreißig Sekunden tauchte er wieder auf. Er schüttelte kurz den Kopf, gab mit dem rechten Daumen und Zeigefinger das OK-Zeichen, um nach zwei tiefen Atemzügen erneut abzutauchen.

Gerade als ich die Leine einholen wollte, sein dreißig Sekunden Limit war erreicht, sah ich den Lichtschein der Lampe unter der Wasseroberfläche durchscheinen. „Boah. Was für eine scheiß Sicht da unten. Es ist schlickig und es ist gerade einmal die Hand vor Augen zu sehen" fluchte er.

44

„Das war mir auch schon vorher klar" dachte ich, „Wollen wir abbrechen ?" fragte ich ihn stattdessen.

„Eigentlich habe ich keinen Bock mehr, York, aber einmal gebe ich mir das noch" prustete er. Einen Augenblick später tauchte Claus wieder kopfüber in die Dunkelheit ab. Die neongelben Flossen sahen dabei aus, als wenn sie mir ein letztes Mal zuwinken wollten. Meine Narbe begann wieder lästig zu jucken.

Fünfzehn Sekunden später ruckte es hektisch an der Sicherungsleine. Mir war sofort klar, dass hier etwas nicht stimmte.

014

Dreiundvierzig Meilen zeigte der Tacho an. Beinahe siebzig Stundenkilometer. Viel zu schnell. Lucky wusste das. Er war somit sogar schneller, als die Geschwindigkeit, mit der sein Körper Adrenalin im Körper verteilen konnte. Trotzdem verspürte er innerhalb drei Sekunden, von den Zehen bis in die Haarspitzen, die sich ausbreitende Wirkung des Stresshormons. Er genoss es.

Nur kurz gönnte Lucky sich das Vergnügen, über das Wasser und durch die frische Luft zu düsen. Widerstrebend nahm er den Gashebel seines roten Jetskis zurück, glitt nun mit nur vier Meilen sanft dahin. Sein Herz raste, aber sein Kopf pulsierte nicht mehr.

Neuer Tatendrang bereitet sich in ihm aus, während die

stille Landschaft der Dänischburger Trave an ihm vorbeizog. Bis zur Slipanlage des Yachtclubs Am Kattegat war es nicht mehr weit. Obwohl Lucky nicht Mitglied im Club war, besaß er einen Schlüssel für das Gelände und konnte die Slipanlage nutzen. Gegen eine einmalige Spende, durfte er diese Saison seinen Seadoo auf dem Gelände abstellen. Für die nächste Saison plante er eine Platzanmietung in Neustadt. Dort wo die Jetski Szene zuhause war.

Seines morgendlichen Problems hatte er sich auf der Hinfahrt auf einfachste Art und Weise entledigt. An einem einsamen Platz auf der Herreninsel hatte er Laura einfach abgekübelt.

Lucky war überzeugt, seine Idee entbehrte nicht einer gewissen Logik. Selbst wenn eine Spur zu ihm hinführen würde, was er für ausgeschlossen hielt, denn selbst die Bullen würden nicht Glauben wollen, dass er so blöd wäre, eine Leiche so dicht in seiner Nähe zu deponieren.

„Brillant" frohlockte er innerlich.

Gleich musste er nur noch sein Auto sorgfältig reinigen.

015

Dunkelheit umgab Claus schon drei Meter unterhalb der Wasseroberfläche. Orientierungslos versuchte er mit kräftigem Flossenschub den Grund zu erreichen. Die starke Unterwasserlampe war ihm dabei keine große Unterstützung. Keinerlei Konturen vermochte er zu erkennen.

Einerseits versuchte er den stark ansteigenden Ohrendruck auszugleichen, andererseits nutzte Claus dies als Chance zur Orientierung. Je stärker er den Druck wahrnahm, je näher wähnte er sich dem Grund.

Deutliche Schraubengeräusche drangen nun zu ihm durch. „Wahrscheinlich vom Antrieb einer oder gar der beiden Priwall Autofähren" beruhigte er sich. „Gespenstisch" schoss es ihm durch den Kopf. Zum Glück litt er nicht an Klaustrophobie.

York hatte ihm seine Taucheruhr geliehen. Die Leuchtziffern der Tawatec signalisierten ihm, dass er sich seit zehn Sekunden unter Wasser befand. Gefühlt waren es weit mehr. Offensichtlich tauchte er in die falsche Richtung, denn der Boden musste längst erreicht sein. „Wenn die Wasser-emperatur nicht so frisch wäre, dann könnte ich es genießen" versuchte sich Claus, entgegen seinem Drang abzubrechen, zu motivieren. Dessen ungeachtet verspürte er eine stetig wachsende, nebulöse Unruhe.

Langsam lies er ein paar Luftbläschen aus seinem Mund entweichen.

„Jetzt bloß nicht schwach werden, du Bananen biegender Warmduscher" beschimpfte er sich still. Energisch verstärkte er gleichzeitig seinen Flossenschlag. Nebenbei schien sich das Schraubengeräusch zu verstärken. „Das muss eine Sinnestäuschung sein" erkannte er. „Die Priwallfähren queren immer innerhalb einer festen Route, weit ab seines Tauchradius." Claus ließ währenddessen weiter langsam, aber stetig, Luftbläschen austreten.

Sekundenbruchteile später stieß sein Kopf auf Widerstand. „Wie der Grund fühlt sich das nicht an" urteilte Claus irritiert. Inzwischen verlangte sein Bronchialsystem nach Zufuhr frischer Atemluft. Höchste Zeit zum Auftauchen. In diesem Moment erfasste der schwache Lichtkegel einen geläufigen Umriss.

Mit Entsetzen versuchte sein Verstand zu verstehen, welches Bild sich nun auf seiner Netzhaut abbildete. „Das konnte nicht stimmen." Das Bild, die Zeit und der Raum verschwammen zu einem halluzinogenen Zerrbild seiner schlimm-sten Albträume. Eine sichtbare Hand des Todes streckte sich ihm entgegen. Panik breitete sich in ihm aus. Hektisch riss Claus an der Leine. Dabei entwich der letzte Rest der lebenswichtigen Luft aus seinem Mund.

016

Auf der Promenade, entlang der Trave vom Ortskern zum Badestrand Travemündes, herrschte reger Betrieb. Die kleinen Verkaufsstände sowie die Sitzplätze der Restaurants, boten nur noch wenig freie Plätze. Der anstehende, warme Sonnentag, lockte mehr Touristen als üblich an die Küste. Am Ufer beider Seiten der Norderfähre, blieben viele Fußgänger stehen und bewunderten eine elegante, weißlackierte Segelyacht mit dunklen Mahagoniaufbauten, die sich auf Bughöhe der Viermastbark ‚Passat' vorbei bewegte.

Die Segelyacht zeigte typische klassische Linien. Der Vorder- sowie der Achtersteven, verlängerte mit seinen ästhetischen Überhängen die optische Linie. Wenngleich der moderne Yachtbau, durch seine viel steiler abfallenden Steven, bei gleicher Bootslänge, ein größeres Geschwindigkeitspotenzial erreichte, mussten sie sich in punkto Eleganz, den klassischen Rissen beugen.

Ganz anders bei dieser in England gebauten Yacht. Wer die supermodernen Attribute, wie ein komplettes Carbonrigg,

48

die perfekte Performance des Unterwasserschiffes übersah sowie nichts über das geringe Gewicht dieses Retro-Klassiker ahnte, erblasste bei den Segelleistungen dieses vermeintlichen „Oldtimer". In Gleitfahrt machte die ‚Spirit' achtzehn Knoten Speed durch das Wasser.

Würzigsüßer Wohlgeruch von Sweet Mango Tabak waberte über das Deck der Segelyacht. Gib sog zufrieden an seiner Pfeife, der Zweiten, die er sich heute gönnte. Mit langsamer Fahrt erreichte er die Nordermole und glitt übergangslos in die Lübecker Bucht. An seiner Steuerbordseite begleiteten ihn die endlos wirkenden Natursandstrände von Mecklenburg Vorpommern.

Hinter der ersten roten Backbordtonne, setzte Gib das Großsegel und zog zusätzlich die Fock auf. Ein Blick auf die gesetzten Segel genügtem ihm, um zu sehen, dass die Segel perfekt ausgerichtet waren. Kontrastreich setzten sich die weißen Segel vom blauen Himmel ab. Die Ostsee lag fast spiegelglatt vor ihm. Sein Windmesser zeigte gerade zwei Knoten aus Südost an. Dies entsprach einem Beaufort an der unteren Meßlatte. Ein Wert, welcher nicht viel Segelspaß versprach, aber ein Tag zum relaxen. Routiniert fixierte er seine Windsteueranlage.

Nach dem Auftragen der Sonnenschutzlotion auf seinem Gesicht, suchte er sich seinen pinkfarbenen Gymnastikball, den er im Cockpit so positionierte, dass er eine angenehme Rückenpolsterung erhielt. Die dritte Pfeife wurde schnell gestopft. Zusätzlich gönnte er sich einen Becher heißen Kaffee ohne Zucker.

Dermaßen ausgerüstet dümpelte Gib, mit seiner eleganten Spirit, im gemächlichen Tempo in Richtung Kühlungsborn. Vollkommen entspannt und zufrieden. Der Rauch seiner Pfeife kräuselte sich spielerisch und trieb nur leicht in Richtung achtern ab.

017

Manchmal brauchte es einfach nur ein wenig Glück im Leben.

Die Suchaktion nach der schwimmenden Louis Vuitton Tasche war natürlich schwachsinnig und kaum vor ihren Vorgesetzten zu vertreten, wie POK Wallison sich eingestand, aber heute wurde diese Unvernunft belohnt.

Stolz hielt ihr Malte die nasse Tasche vor die Nase. „Wir sind eben richtige Schnüffler. Trüffelschweine" ergänzte er. „Das glatte Wasser hat unseren Erfolg erst möglich gemacht."

„Dann schauen wir doch mal in eure Schatzkiste." Wallison nahm ihm die Tasche ab.

„Mit dieser Schatzkiste kann mich allerdings niemand beeindrucken" spöttelte Malte.

„Warte, bis deine Freundin so eine geschenkt bekommen möchte." Stina lachte auf bei dem Gedanken. „Das Original kostet satte eintausendzweihundertundfünfzig Euro" foppte sie ihn und öffnete die schwarze Schleife der Tasche. „Ich habe es gegoogelt." Der Mund von Malte öffnete sich, aber es kam kein Ton heraus. „Damit transportieren vornehme Damen ihre Champagnerflasche" fügte sie an.

„Verstehe einer die Frauen" murmelte Hans. Malte sagte nichts mehr dazu. Sein Gesicht sprach dennoch Bände.

„Gute Arbeit, Kollegen. Jetzt haben wir wenigstens in sofern Gewissheit, dass die Besitzerin dieser Tasche Simone Quartz ist. Selbstverständlich gibt es eine Menge Möglichkeiten, wie die Tasche in die Trave gekommen ist. Die…"

„Diebstahl" warf Hans ein. „Klassischer Diebstahl mit anschließender Entsorgung durch den Täter. Der Dieb konnte davon ausgehen, dass die Tasche auf Nimmerwiedersehen absäuft."

Diebstahl wollte Wallison als Möglichkeit gerade hintenanstellen. „Dagegen spricht diese gefüllte Geldbörse. Ein Dieb hätte sie entleert..."

„Vielleicht wurde er gestört" beharrte Hans auf seiner Theorie.

„Dessen ungeachtet, Hans. Wie erklärst du dann das Verschwinden der Frau? Eine Frau trennt sich nicht ohne handfeste Gründe von ihrer Handtasche und wenn doch, dann ist Alarm angesagt."

„In der Regel ist da ihr ganzes Leben drin" meldete sich Malte erstmals wieder zu Wort.

Stumm packte Stina derweil die restlichen Utensilien aus. Ein iPhone Handy, einen bunten Schlüsselbund mit drei Sicherheitsschlüsseln, eine Spiegelpuderkombination nebst einem rubinroten Lippenstift, Taschentücher, eine Wimpernspirale und zwei kleinen Feuchttüchern. „Hans, bitte kümmere dich um das Handy. Vielleicht ist dem noch eine Information zu entlocken." Stinas Privathandy klingelte.

„Schatzi" stichelte Hans und erntete einen zornigen Blick.

Auf dem Display leuchtete tatsächlich Yorks Name auf. Sie mochte es nicht, wenn während der Dienstzeit private Gespräche geführt wurden. Das galt für sie, wie auch für alle anderen. Schon gar nicht mochte sie es, wenn Kollegen, wie jetzt gerade Hans, sich darüber noch lustig machen. „Ja" sprach sie deshalb nur kurz angebunden in das Handy und ärgerte sich innerlich maßlos über ihr Verhalten.

„Stina" erklang Yorks melodiöse Stimme. „Ja, ich freue mich auch von dir zu hören" ertönte es betont liebenswürdig.

„Blöde Kuh" schoss es ihr ärgerlich durch den Kopf. Schon oft hatte sie York mit ihrer ruppigen Art angemäkelt, obwohl sie es partout nicht wollte. Er ging entweder gar nicht darauf ein oder brachte sie mit seiner lässiggalanten Art komplett aus dem inneren Gleichgewicht. Wieso er nicht schon längst das Weite gesucht hatte, blieb ihr ein Rätsel. Ihre ansonsten feinen Antennen versagten bei ihm völlig. Nur heute bemerkte sie eine Spur von Anspannung bei ihm.

„Jetzt einmal ernsthaft" begann er. „Wir brauchen euch hier dringend am Kreuzfahrtterminal und bringt schnell einen

oder zwei Taucher mit. Mit wenigen Worten schilderte er Stina die Sachlage. Ihre Gesichtsfarbe wurde eine Spur blasser.

Gefasst übermittelte Wallison ihren Kollegen die düstere Nachricht. „Wir nehmen wasserseitig unsere zwei RIBs und landseitig lassen wir die Stelle mit Sichtschutz absperren. Ersucht bitte um Amtshilfe bei der Feuerwehr. Ihre Taucher üben meines Wissens noch im Passathafen."

Wallison angelte sich ihre Rettungsweste und eilte ihren Kollegen nach.

019

Obwohl Claus nun, gut eingepackt in einer dicken Jacke, im Sonnen beschienen Cockpit saß, bibberte er immer noch. Ich holte ihm aus dem Bordfundus einen doppelten Williams

Christ. Behutsam schlürfte er an dem hochprozentigen Getränk.

„Ahhh." Mehr gab er nicht von sich.

Ich ließ ihn in Ruhe. Die kleine Menschenmenge, die sich vorhin am Kai gebildet hatte, nachdem Hektik bei unserer kleinen Tauchaktion ausbrach, war inzwischen dank Litzes Bemühungen weitgehend aufgelöst und verschwunden. Viel Mühe kostete ihn das nicht, denn es gab ja offensichtlich keine angeschossene oder tote Person, welche das Publikum in den Bann zog. Mit teilweise enttäuschten Gesichtern spazierten sie davon. Nur zwei penetrante Typen zeigten sich uneinsichtig und wollten sogar auf die ‚o.li', um besser sehen zu können. Litze regelte das auf seine Art mit sanfter, verbaler und physischer ‚Überredung'. Das hatte er drauf. Die beiden sahen daraufhin schnell zu, dass sie Abstand von ihm gewannen. Gut so.

Ich rekapitulierte noch einmal die letzten Minuten.

Nachdem die Sicherungsleine in meiner Hand mehrmals heftig ruckte, zog ich sie erst behutsam ein, um zu spüren, ob sie freilief. Da dies der Fall war, zog ich kräftiger und rief Odin zu, sich mit dem Dinghi näher an die Auftauchstelle zu versetzen.

Konfus zappelnd schoss Claus an die Wasseroberfläche. Die Taucherbrille saß nicht mehr auf dem Kopf. Seine Augen waren dabei weit aufgerissenen, so, als wenn er dem Leibhaftigen persönlich begegnet war. Er schmiss seine Hände in die Luft, versuchte gleichzeitig Luft in seine Lungen zu pumpen und zu sprechen. Dabei verschluckte er wieder Wasser und die Prozedur begann von Neuem.

Mit einem beherzten Griff packte Odin ihn am rechten Oberarm und zog Claus mit seiner beträchtlichen Körperkraft ins Dinghi. Da Claus immer noch panisch um sich schlug und das Dinghi gefährlich schwankte, versetzte ihm Odin eine schallende Ohrfeige. Das Klatschen war gut zu vernehmen. Augenblicklich verebbten seine wilden Bewegungen.

Am Kai hatten sich wieder neue Schaulustigen eingefunden. Neugierig tauschten sie ihre Vermutungen aus. Die Worte Betrunken, Suizid, Unfall, Nichtschwimmer, drangen mal mehr, mal weniger an mein Ohr. Jemand wollte sogar einen Schuss gehört haben.

Rasch bugsierten wir Claus an Bord. Litze gab ich ein Zeichen, die drängelnden Schaulustigen auf Abstand zu halten. Nachdem Claus wieder einigermaßen zu Atem gekommen war, erzählte er was passiert war.

„Bist du ganz sicher?" hakte ich noch einmal nach. Er nickte nur matt. Daraufhin wählte ich die Handynummer von Stina.

„Tut der gut" meldete sich Claus wieder. Sein Gesicht erhielt langsam die gesunde Farbe eines wettergegerbten Seglers zurück. Er spreizte seine Finger der rechten Hand und beobachtete, ob sie noch zitterten. „Noch einen, York" verlangte Claus nach einem weiteren Willi und holte mich aus meiner Gedankenwelt zurück. „Man ist mir kalt. Ich hätte jetzt gerne die Haut eines Eisbären, denn unter ihrem weissen Fell haben sie schwarze Haut und können so mehr Sonnenenergie aufnehmen." Er drehte sein Gesicht der Sonne zu. Die Ray Ban Brille war kein Thema mehr.

Ich schenkte ihm noch einen halben Willi nach. „Hiernach gibt es erst einmal nur heißen Kaffee. Du musst einen klaren Kopf bewahren. Die WaschPo wird gleich hier sein und dir eine Menge Fragen stellen wollen." Ich hatte es gerade ausgesprochen, da näherten sich mit hoher Geschwindigkeit zwei RIB Boote der WaschPo. Eines legte sofort weiträumig einen schwimmenden Sperrgürtel um die ‚o.li' aus. Das andere, mit Stina an Bord, ging an Backbord längsseits. Ich half ihr an Bord zu kommen.

„Ihr haltet uns heute ganz schön in Atem, York." Es klang nicht wie ein Vorwurf. „Es ist nur eine Feststellung" untermauerte sie meinen Eindruck. „Du armer. Kannst Du mir berichten, was genau da unten zu sehen war ?" wandte sie sich sensibel an Claus.

„Um es auf den Punkt zu bringen. Ich bin gegen einen Leichnam gestoßen. Widerlich !" Er schüttelte sich. „Tauchte so einfach aus dem Nichts auf. Ich hatte das Gefühl, dass er mich umarmen wollte." Die wiedererlangte Farbe in seinem Gesicht, entwich erneut. Schnell füllte ich sein Glas doch noch einmal zur Hälfte. Dankbar setzte er das Glas an die Lippen. „Es muss kurz vor dem Grund gewesen sein" kam er Stina zuvor.

Ein drittes Schlauchboot näherte sich schnell zu unserem Liegeplatz. Stina blickte auf. „Klasse, das klappt ja bestens. Die Feuerwehrtaucher treffen ein."

„Wir waren gerade im Begriff, einen zweiten Tauchgang im Passathafen zu absolvieren, da erreichte uns ihr Anruf" begrüßte sie einer der Taucher. „Das ist eine schöne Abwechslung vom Training. Allerdings suchen wir lieber nach Überlebenden."

Innerhalb kurzer Zeit waren die wichtigsten Informationen ausgetauscht und zwei Taucher sanken in die Tiefe. Systematisch sollten sie erst den von Claus betauchten Bereich absuchen. Wenn dort nichts gefunden wurde, dann sollte das Gebiet ausgedehnt werden. Strömung hatte sich zum Glück noch nicht eingestellt. Die bereits zum Auslaufen startklare Finnlines musste vorerst noch am Skandinavienkai verweilen. Durch ihre Verdrängung hätte sie die Chancen zunichte gemacht und die Taucher gefährdet. Der Kai am Kreuzfahrtterminal war inzwischen soweit abgeriegelt, dass keine Unbefugten Zutritt fanden.

Es mochten vielleicht drei Minuten vergangen sein, da signalisierten die Taucher mittels der Sicherungsleine, dass sie etwas gefunden hatten.

Große Luftblasen breiteten sich an der Wasseroberfläche aus. Gespannt schaute ich auf die Stelle, an denen die Taucher auftauchen würden.

Tatsächlich. Sie brachten eine sterbliche Hülle mit aus der Tiefe. Eine weibliche, wie ich unschwer erkannte. Ich schaute zu Stina. Das leichte Zucken ihrer Nasenflügel verriet mir, dass sie bereits wusste, wer da zurück ans Tageslicht gebracht wurde. Sie sagte nichts. Sie würde auch nichts verlauten lassen, bis zweifelsfrei die Identität feststand. Stattdessen bat sie Claus, gleich mit auf das Revier zu kommen, um seine Aussage in beiden Fällen aufzunehmen.

„Wir verholen uns zur Überseebrücke eins und warten im Yacht Club auf dich" fand ich als erster die Sprache wieder. „Dort picken wir auch gleich Dildo auf."

„Ich habe leider keine Zeit mehr" bedauerte Odin. „Ich treffe mich mal wieder mit einem Bewerber, welcher gerne auf der ‚Applejuice' als Skipper fahren möchte. Erst einmal hören, was für skurrile Vorstellungen dieser Mann hat."

Die schneeweiße ‚Applejuice' maß stolze achtundsiebzig Fuß und dafür brauchte Odin einen kompetenten und loyalen Skipper mit Charakter, den er langfristig an sich binden konnte. Keine leichte Aufgabe – für beide.

Ich beneidete ihn darum nicht.

020

Auf dem Revier der WaschPo herrschte, im Gegensatz zu Stunden zuvor, emsiges Treiben. Die Ermittlungen, bezüglich der Leiche vom Kreuzfahrtterminal, liefen auf Hochtouren. Der mahnende Anruf seitens der Stadtoberen, hier in Form des Kurdirektors, erfolgte zeitgleich bei der Rückkehr von Wallinson ins Revier. Stina Wallison brauchte das Gespräch eigentlich nicht führen, denn sie wusste schon, was der Tenor des Inhalts sein würde.

So kam es denn auch. Die üblichen Beschwörungen, dass die Sommersaison vor der Tür und Tote oder eine entsprechend schlechte, am Ende sogar noch überregionale Berichterstattung, dem Sommergeschäft zuwider stand.

Geschäft – Geschäft – Geschäft. Immer ging es nur ums

Geschäft! Um das eigentliche Opfer ging es nie. Hauptsache heile Welt. Wallison lag schon eine Erwiderung auf der Zunge, beherrschte sich aber. Es änderte sowieso nichts und im weitesten Sinne hatte sie auch Verständnis. Jeder fokussierte sich auf seine Arbeit. Die Blickwinkel auf ein und dasselbe Ereignis sind eben vielfältig.

Claus beendete gerade seine Aussagen bei Malte, da kamen auch schon Karl und Helge von der TA herein. „Das ist ein perfektes timing. Herr Bolt ist gerade fertig mit seinen Aussagen." Stina geleitete die Beiden in den Pausenraum.

Die Kaffeemaschine läutete heute schon die fünfte Runde ein. „Lange wird sie diese Belastungen nicht mehr aushalten. Bei so einer starken Nutzung bräuchte es eine professionellere Maschine. Das Geld wird sicher nicht aufzutreiben sein" sinnierte Stina.

Claus, der wieder ins Lot kam, beantwortete den Reportern

flüssig ihre vielen Fragen. Karl und Helge waren journalistisch schwer begeistert. Mittlerweile mutierte die anfängliche Heldentat wohl zu einem Kriminalfall. Ein Glücksfall für jeden Journalisten. Jetzt fehltem Karl nur noch ein paar Bilder von dem Helden der Geschichte. Einen Moment schreckte Claus davor zurück, aber Karl konnte seine Bedenken rasch zerstreuen. Die Aufnahmen sollten auf der Viermastbark ‚Passat' stattfinden.

Im Revier arbeiteten die Beamten still vor sich hin. Recherchearbeit ist Fleißarbeit. Zum Nachmittag hatte sich Holger Karat, der neue Polizeihauptkommissar vom überlasteten MD.1 in Lübeck, angekündigt. „Vielleicht hat er dann schon ein paar Fakten zusammengestellt" hoffte Hans. Er hatte sich, ohne seine Kollegen zu informieren, diskret auf die vakante Stelle des getöteten PHK Jensen beworben. „Nun ist es Karat geworden" dachte Hans enttäuscht. „Es konnte sicher nicht schaden, wenn er durch hervorragende Ermittlungsarbeit auf sich aufmerksam machte. Gute Leute setzen sich auf Dauer immer durch – und ich bin gut" trieb

sich Hans an.

Das Telefon läutete. Da Stina Wallison am nächsten stand, nahm sie den Hörer ab. Munter meldete sie sich. „WaschPo, Revier Travemünde, Wallison am Apparat. Wie kann ich ihnen Helfen ?"

„Stina. Was für ein Glück. Hier ist Odin. Ich will dich ja nicht verschrecken, aber bei mir schwimmt eine Frauenleiche, zwischen Kai und der ‚Applejuice'."

Stina wurde leicht schwindelig. „Das ist nicht dein Ernst ? Für Scherze dieser Art bin ich nicht empfänglich, Odin." Sie hoffte, dass es in diesem Fall tatsächlich nur ein Scherz war, wenn auch ein übler. Malte schielte zu Stina hinüber. Etwas an ihrem Tonfall ließ ihn aufhorchen.

„Glaube mir. Ich bin wirklich nicht zum Scherzen aufgelegt.

Es wäre äußerst liebenswert, wenn ihr rasch vorbeischaut.“

Wallison hatte sich bereits wieder unter Kontrolle. „Alle bitte volle Aufmerksamkeit“ unterbrach ihre ruhige Stimme die gespannte Ruhe. „Wir haben einen Einsatz. Meldung einer weiblichen Wasserleiche am Rosenhof. Der Eigner der Segelyacht ‚Applejuice‘ hat gerade angerufen. Wir bilden die gleichen Teams wie vorhin.“ Zum dritten Mal griff sie heute zu ihrer Rettungsweste und eilte mit ihren Kollegen zu den Booten.

Stina Wallison spürte eine versteckte Faust, die nach ihr griff.

021

Zusammen mit Litze legte ich wieder vom Kai ab. Vor uns machte gerade wieder das blaue Seebestattungsschiff ‚M.S. Farewell‘ fest. Das Geschäft brummte offensichtlich. Im Stundentakt pendelte das Schiff zwischen Anleger und der genehmigten Stelle, wo die Seebestattung in der Lübecker Bucht vorgenommen wurde, hin und her.

Seebestattungen sind im Kostenverhältnis zu anderen Bestattungsformen preisgünstig und erfreuen sich steigender Beliebtheit. Mittlerweile führten meines Wissens schon vier wietere Schiffe Seebestattungen in der Lübecker Bucht aus. *Das allerdings die Leichen schon ihren Platz am Bootsliegeplatz einnehmen, war mir neu.*

Nach kurzer Fahrt unter Maschine, erreichten wir unsere neue Anlegestelle. Das Anlegemanöver an der Überseebrücke 1 klappte reibungslos, sodass wir einige Minuten später schon auf der Terrasse des Lübecker Yacht Clubs saßen und neben einem Cappuccino, einen dampfenden Kaiserschmarrn mit Kompott zum Verspeisen auf dem Tisch serviert bekamen. Ich hätte mir gerne den Kaiserschmarrn geteilt, aber Litze bestand darauf, dass jeder eine Portion erhielt. Für ihn stellte es kein Problem dar, auch noch meine Hälfte zu verputzen.

Neben unserem Tisch waren noch drei weitere mit Gästen besetzt. Die meisten von ihnen trugen leichte Sommerkleidung und schienen bester Laune zu sein. Der Himmel zeigte sich ebenfalls von seiner freundlichsten Seite. Strahlend blau. Die Sonne erwärmte dabei zusehends die milde Luft und nicht wenige Menschen zog es Richtung Strand.

Ich schätzte, dass wir uns noch mindestens eine halbe Stunde in Geduld üben mussten, bis Claus erschien. Zeit genug für einen weiteren Cappu.

Die ‚o.li' lag vollkommen ruhig an der Brücke. Auf der Trave tuckerten nur zwei kleine Fischerboote entlang, ein graues, namens ‚TRV 14' und dahinter ein rotes. Die Fischer wollten vermutlich raus auf See, um ihre Netze zu kontrollieren. In der Bucht kennzeichneten rote oder schwarze Fähnchen ihre Netzpositionen. An Tagen wie diesen ging ihnen die Arbeit sicher locker von der Hand, jedoch arbeiteten sie ebenfalls an kalten, stürmischen Tagen. Ein Knochenjob.

„Wenn es jemanden gut geht, dann wohl euch" hörten wir zwei freundliche Stimmen hinter uns. „Wollen wir nicht einmal Tauschen?"

„Sebastian. Nils. Schön euch zu sehen. Setzt euch ruhig zu uns" begrüßte ich Sebastian Amend, Geschäftsführer des Lübecker Yacht Club, und meinen Bootsmotorspezialisten Nils Gerstel, von der GBA. „Ihr kennt doch beide meine Lebenseinstellung: Lebe und genieße den Augenblick. Es könnte dein letzter oder vorletzter sein. Die Zeit auf Erden ist arg begrenzt."

60

„Gib jedem Tag die Chance, der schönste deines Lebens zu werden" erklang wieder eine Stimme hinter uns. Dinos fröhliche Stimme. „Mark Twain war schon damals ein ganz schlauer Fuchs" merkte er grinsend an.

„Endlich, Dildo." Diesen Spitznamen hatte er sich auf einer Sexmesse redlich verdient. Eine Pornodarstellerin suchte im Publikum einen Freiwilligen. Ihre Wahl fiel zufällig, wenn es überhaupt solche Zufälle gibt, auf Dino. Keine zwanzig Minuten später machte sie ihm einen Heiratsantrag. Unserem eingefleischten Junggesellen. Sie trauert ihm immer noch nach. „Es wird auch Zeit, dass du aufschlägst" freute sich Litze. „Wir warten nur auf den XO.

„Leute, ich muss noch einen Volvomotor warten. Ich habe es nicht so gut wie ihr" verabschiedete sich Nils auch schon wieder. Sebastian setzte sich auf ein kurzes Schwätzchen und einen Becher Schokoladen Eis mit bunten Streuseln zu uns.

„Ich bin sicher, ihr wollt, zumindest nicht heute, mit uns tauschen. Bisher haben wir den Tag noch nicht wirklich schön Gestalten können."

„Ich habe schon einiges davon gehört. Gruselig" erwiderte Sebastian.

„Das braucht niemand" stimmte ich ihm zu. „Wir geben uns allerdings alle Mühe, den Tag noch zum Besseren zu wenden. Wir wollen gleich noch eine Runde vor die Tür und sehen, ob etwas geht. Die Vorhersage ist bis Nachmittag zwar ganz lau, aber wir können auch vor Anker gehen und ein wenig mit Schiller & Co. chillen."

„Hätte nicht übel Lust mitzukommen. Nur die TW organisiert sich nicht von alleine" bedauerte Sebastian. Sein Handy klingelte schon wieder. „Ihr hört es ja. Selbst in Ruhe Mittagessen ist nicht drin."

„Du musst mehr nach dem Motto arbeiten: Ich verspreche

nichts, aber das halte ich dann auch." Dildos Augen leuchteten. „Eine kleine Aufmunterung bekommst du noch kostenlos mit auf den Weg." Er wartete erst gar keine Reaktion ab. *„Kommt 'n Typ immer in die gleiche Kneipe und trinkt zwei Kurze. Das geht so monatelang. Er trinkt immer einen für sich und einen für seinen verstorbenen Freund. Nach einem Jahr kommt er in die Kneipe und bestellt nur noch einen. Fragt der Wirt irritiert: „Was ist los? Nur noch einen?"* „Ja, ich habe mir das Trinken abgewöhnt. Jetzt trinke ich nur noch für meinen Freund." Alle stimmten in Dildos herzhaftes Lachen ein. So kannten wir ihn. Wo Dildo war, gab es keine Langeweile und schon gar keine schlechte Laune. „Den hier fand ich auch ganz gut" setzte er wieder an. *„Der Vater erklärt seinem Sohn: "Wenn Du an ein Mädchen kommst, dessen Augen glänzen, dessen Lippen feucht sind und das am ganzen Körper zittert - dann lass die Finger davon. Es hat Fieber!"*

„Ha-ha. Wie wahr" stimmte ihm Litze zu. Ich registrierte, dass er sich ein wenig entspannte. Die Sache mit der Leiche

hatte ihn ordentlich beschäftigt. Mittlerweile war nur noch unser Tisch auf der Terrasse besetzt. Der erste Ansturm war vorüber.

Sebastian stand auf und wollte auch gehen, aber Dildo hielt ihn noch zurück. „Warte noch. Das Beste kommt zum Schluss. *ER: „Du bist eine wunderschöne Frau und Deine tollen blauen Augen…"*
Sie: „Hör doch auf mit dem Gesülze. Du willst doch nur poppen."
Er: „und schlau bist Du auch noch…"

Wir verschluckten uns beinahe kollektiv. Litze bekam einen Lachanfall. Zum Glück saßen keine Frauen mit am Tisch. „Es gibt Witze, die sind nur für Männerohren bestimmt. Herrlich."

„Schaut mal" Sebastian zeigte auf die Trave. „Die WaschPo ist schon wieder im Einsatz."

62

Um besser sehen zu können, standen wir alle auf. Tatsächlich, die beiden orangegrauen Schlauchboote sausten mit eingeschaltetem Blaulicht am Club vorbei. „Was für ein Glück, York" gluckste Dildo. „Ich hatte schon befürchtet, du hast deine ‚o.li' falsch eingeparkt. Ohne..."

„Was für ein Zufall" wurde er von einem ölig geschniegelten Typen, Marke *einmal die Hand geben und man möchte mit dem Händewaschen gar nicht mehr aufhören'*, unterbrochen, der, wie sich herausstellte, Litzes Aufmerksamkeit durch forsches Tippen auf dessen Schulter fesseln wollte.

Der allerdings schaute nur genervt und verständnislos.

„Erinnerst du dich nicht ? Carsten Wischmeyer. Wir waren doch gemeinsam auf dem Gymnasium. Toll dich hier zu treffen. Was ist aus dir geworden ? Ich mache erfolgreich in Versicherungen. Ganz großes Kino. Da kannst du auch noch einsteigen, wenn es bei dir nicht läuft. Jetzt beabsichtige ich, mir dieses Clubgrundstück einzuverleiben."

Mit Sorge beobachtete ich Litze, dessen Körpersprache beinahe unmerklich kantiger wurde. Ich wurde das Gefühl nicht los, dass sein Puls mit jeder Sekunde anstieg.

Meinen Wagen hast du möglicherweise schon vor dem Restaurant bemerkt ?" Die Frage, die keine war, beantwortete er sogleich. „Ford Shelby GT500KR Cabriolet, sieben Liter V8, mit vierhundert PS und in einem perfekten Zustand. Baujahr neunzehnhundertachtundsechzig, so wie ich auch" führte er ungerührt weiter aus.

Irgendwie suchte der Clown keinen realen Dialog. Ein Spezialist für Monologe.

„Da wurden nur dreihundertachtzehn Stück von gebaut. Heute fahren, wenn es hochkommt, weltweit maximal noch fünfzehn von diesen Schätzchen. Na ja, das kann sich auch nicht jeder Lei..." Leicht verunsichert hielt er inne, aber nicht, weil sich eine Servicekraft näherte, sondern aufgrund Litzes vollkommener Erstarrung.

Litze stand nur stumm und wie vereist vor ihm. In diesem Moment hätte er auch eine Eisskulptur sein können. Keine Geste verriet, was in ihm vorging. Nicht einmal ein Blinzeln seiner Augen. Ich kannte ihn besser.

Deshalb kam der ansatzlose Schlag seiner Faust für die Umstehenden, vor allem jedoch für Carstens Kinn, sensationell überraschend. Einer Detonation ähnlich. Wie von einem Blitz getroffen, fiel dieser über den niedrigen Holzzaun in die leere Sandkiste.

Ohne sich weiter um den Typen zu kümmern, drehte er sich wieder zu uns um. „Sage ich doch. Man sieht sich immer zweimal im Leben. Vor zweiunddreißig Jahren in der fünften Klasse hat der mich ständig geärgert und vermöbelt. Er war zwei Jahre älter und einen Kopf größer" berichtete er im entspannten Plauderton, so, als wenn er über die Eigenschaften einer neuen Pulsuhr referierte. Inzwischen maß

Litze hünenhafte hundertneunzig Zentimeter und sein damaliger Peiniger, musste sein Wachstum bei etwa hundertzweiundsiebzig Zentimetern eingestellt haben. „Nun, es hat ein wenig gedauert, aber so ist das auch endlich einmal geklärt" kommentierte er den Zwischenfall gleichgültig. „Arschloch bleibt eben Arschloch."

Mühsam rappelte sich Carsten Wischmeyer aus der Sandkiste hoch. Er rang konsterniert um seine Fassung und befühlte sein Kinn. Tränen liefen über das Gesicht. „Das wird teuer. Das wird teuer!" stammelte er. „Ihr seid alle meine Zeugen" wandte er sich an uns. „Geben sie ihre Namen und Adressen" forderte er uns auf.

„Wir haben leider nichts gesehen" erschall es synchron, wie bei einem professionellen Kirchenchor, aus unseren Mündern. Dabei blickte Carsten W. perplex in drei engelsgleiche Gesichter.

Hektisch schaute er sich nach weiteren Zeugen um. Sein Blick fiel auf eine inzwischen leere Terrasse und blieb triumphierend an der Servicekraft hängen. „Sie da. Fräulein. Sie haben aber alles mit angesehen. Sie werden meine Kronzeugin" rief er schrill.

„Ich habe den Nachbartisch in Ordnung gebracht und nur gehört, dass sie über den Zaun gestolpert sind. Mehr nicht."

Aufgebracht bewegte sich Wischmeyer auf das ‚Fräulein' zu.

Mit eiserner Hand hielt Litze ihn am Oberarm fest und zog ihn seitlich zu sich hin. Er flüsterte ihm kurz etwas ins Ohr. Der ohnehin blasse Prahlhans wurde kalkweiß. Laut fügte er hinzu: „Jetzt schwing dich auf dein Pferd und verschwinde für immer aus meinem Dunstkreis!"

Zähneknirschend nahm Carsten W., auf Nimmerwiedersehen Reißaus.

Ein breites Grinsen huschte Dildo quer über sein Gesicht. „Oh Herr, schmeiß Hirn oder Steine. Hauptsache du triffst."

022

Mit über dreißig Knoten preschten die Schlauchboote der WaschPo über die Trave. Das Blaulicht, oben am Trapezprofil angebracht, blinkte im Dauerbetrieb und signalisierte eine Einsatzfahrt mit Sonderrecht bzw. Wegerecht.

POK Wallison befand sich im vordersten der beiden Boote. Sie registrierte an Steuerbord die ‚o.li' von York. Weitergehende Gedanken gestattete sie sich diesmal nicht. Vielmehr sammelte sie ihre Kräfte und wappnete sich innerlich gegen eine erneute Begegnung mit einer Leiche. Eine war ihr schon zuviel. Doch zwei an einem Tag ? Die Todesumstände der ersten Leiche waren noch nicht geklärt. „Vielleicht war es ein Unfall" hoffte sie, auch wenn ihr Gefühl etwas anderes sagte. Die Leiche befand sich noch zur Obduktion in der Rechtsmedizin in Lübeck.

In der Nähe der Fundstelle von heute Morgen stand schon wieder eine große Menschenansammlung. Diese Gruppe war durchweg in Schwarz gekleidet. Sie wartete auf die Ankunft der ‚M.S. Farewell II', um eine Seebestattung vorzunehmen.

Gegenüber, an der Aral Bunkerstation bei Matthias Hinz, herrschte ebenfalls Betrieb. Eine Segelyacht und zwei Powerboote füllten ihre Tanks auf. „Die bunkern mal schnell für einen Tausender, nur zum Wochenendspaß. Damit muss so manche Familie einen ganzen Monat auskommen." Stina zwang ihre Gedanken wieder in eine andere Richtung.

Der Betrieb der beiden Auto Priwallfähren ‚Pötenitz' und ‚Travemünde' war vorübergehend eingestellt. Das sichere Abbergen stand im Vordergrund. Die zwei Polizeiboote ‚Greif' und ‚Habicht', sperrten gerade die Trave zu beiden Seiten für den Durchgangsverkehr. Die Sogwirkung der Schiffe konnte den vermeintlichen Leichnam wieder verschwinden lassen. An Land riegelten zwei Beamte den Kaizugang vor Neugierigen ab. Da hatten sie Glück gehabt. Die Beamten befassten sich gerade mit einem Diebstahldelikt auf dem Priwall und brauchten nicht mehr überzusetzen.

Hinter dem Priwall Fähranleger ragte der riesige Mast der Segelyacht ‚Applejuice‘, wie ein schneeweißer Fingerzeig in den Himmel. Vierunddreißig Meter. Vier Salinge sicherten den Mast an seiner Position. Am Mast waren zwei gewaltige Vorstage angeschlagen. Die Segelfläche belief sich auf zweihundertsiebzig Quadratmeter.

Odin stand, mit einer braunen Lederjacke bekleidet und einem Handy am Ohr, auf dem Bug seines schneeweißen Traumes von einem Schiff. Er winkte den beiden ankommenden Schlauchbooten zu.

„Langsame Fahrt und auf den Bug zu halten, Malte.“ Dem nachfolgenden Team gab Stina Wallison ein Handzeichen, dass sie aufstoppen sollten.

Ungeduldig fuchtelte der einundvierzigjährige Odin mit seiner Hand. „Hier her. Ich werfe euch eine Leine zu.“

„Halt dich längsseits, Malte. Ich steige über.“

Odin half ihr an Bord. „Stina, ich bin ganz fertig. Zwei Wasserleichen an einem Tag. Ich weiß schon, warum ich nicht gerne Baden gehe. Schau einmal auf dieser Seite. Wir haben nichts weiter angefasst, außer, dass wir den Körper fixiert haben. Auch wenn sie eine Schönheit gewesen sein muss, an Bord kommt mir die nicht. Das versaut mir mein ganzes Teakdeck.“

„Man oh man, Odin“ schoss es Wallison durch den Kopf „wenn das deine einzigen Sorgen sind.“ Laut sagte sie zu ihm: „Wir bergen sie von Land aus.“ Knapp gab sie entsprechende Anweisungen ins Funkgerät und forderte einen Leichenwagen zum Rosenhofkai an.

Eine der Vermisstenanzeigen hatte sich gerade erledigt. Wallison war sich ganz sicher.

023

Still lag sie da.

Würdevoll.

Eine stolze Schönheit.

Von den einstmals acht Schwestern der legendären Flying P-liner, sind neben der ‚Passat‘ nur noch die ‚Peking‘ in New York und die ‚Padua‘, welche unter russischer Flagge als ‚Kruzenstern‘ fährt, übriggeblieben. Der schwarze Anstrich passte ausgezeichnet zu der schlanken Linie. Die vier gelbbraunen Masten, der neunzehnhundertelf vom Stapel gelaufenen ‚Passat‘, bildeten einen eindrucksvollen Kontrast zum immer noch blauen Himmel.

Insgesamt neununddreißig Mal, segelte sie um das Kap Horn und zwei Mal um die Welt. Jetzt hatte die Viermastbark in der Trave, vor dem Passathafen, ihre Heimat gefunden. Sie gilt als das Wahrzeichen von Travemünde.

Meine Gedanken und mein Blick schweiften zurück an den Tisch der Yacht Club Terrasse. „…die habe ich mir so lange

schön gesoffen, da war ich am Ende zu betrunken für Sex. Dabei wollte ich nicht einmal einen ‚one night stand‘. Eine Stichprobe hätte mir gereicht“ hörte ich Dildo sagen. Er grinste dabei über das ganze Gesicht. „Zum Glück habe ich im Suff nicht wieder ein Heiratsversprechen abgegeben.“

„Die Liebe ist das Licht des Lebens. Die Ehe ist die Stromabrechnung“ pflichtete ihm Litze bei. Er musste es wissen, denn schließlich war er der erfolgreiche Paartherapeut. „Die Liebe ist ein Wort mit fünf Buchstaben, drei Vokalen, zwei

Konsonanten und zwei Idioten."

„Heiraten werde ich nie. Meinen Arbeitskollegen hat es ruiniert. Mit ihm habe ich letzte Woche sein Hochzeitsvideo noch einmal rückwärts angeschaut. Die besten Szenen waren, als er ihr den Ring abnimmt, die Kirche verlässt und mit seinen Kumpels einen saufen geht. Ich bin gewarnt. Problem erkannt, Problem gebannt." Dildo setzte eine zuversichtliche Miene auf.

„Hoffentlich verrechnest du dich nicht. Der Trieb, die Hormone und der Verstand gehen oft eigene Wege" mahnte Litze. Kurioserweise heißt ‚Leben' rückwärts geschrieben ‚Nebel'. Vielleicht blickt man deshalb nicht immer so ganz durch."

„Papperlapapp, Litze" wischte Dildo das offensichtliche Palindrom beiseite. „Wenn ich du wäre, wäre ich doch lieber ich. Als Gott dich schuf, übte er doch noch. Als Gott mich schuf, wollte er angeben."

„Ihr seid vielleicht so Badewannentaucher" klinkte sich Claus ein, der wohl schon einen Moment in unserem Rücken stand. „Ich kann nicht verhindern, dass ich älter werde, aber ich kann verhindern, dass ich mich dabei langweile ! Deshalb gebe ich mich überhaupt mit euch ab" gluckste er. "Der Lack ist zwar ab, aber ich für meinen Teil mag meine Grundierung."

„Na endlich. Jetzt wird es aber auch Zeit. Schließlich wollen wir noch segeln. Ich spüre förmlich eine Brise aufziehen."

„So soll es sein, York. Ich verklappe nur kurz meinen Kaffee in der Kanalisation." Claus drehte sich um und verschwand im Clubhaus. Der Servicekraft an der Tür raunte er leise zu: „Ich löse den Tisch drinnen aus."

024

Die Sonne stand hoch am blauen Himmel und die Lufttemperatur maß fünfundzwanzig Grad im Schatten. Ideal, um diesen herrlichen Frühsommertag in der freien Natur zu genießen. Die Farben waren in dieser Jahreszeit noch kräftig. Das Blau strahlend, das Grün der Gräser saftig. Sommerfeeling, Urlaubsfeeling pur.

Nicht für jeden.

Still lag sie da.

Würdelos.

Von stolzer Schönheit war nichts auszumachen.

Das Rauschen des Blutes ertönte im Kopf wie ein reißender Wasserfall. Harte, unrhythmische Trommelschläge traktierten den Kopf. Das Herz raste in ähnlicher, ungleichmäßiger Regelmäßigkeit. „Konnte denn niemand diese lärmenden Trommeln abstellen?"

Die Augenlieder zuckten unkontrolliert, genauso wie die

Muskulatur. Kalt war es. Ein unbezähmbares Durstgefühl machte sich breit. „Was war das für ein Scheiß?"

Sand knirschte zwischen ihren schmerzenden Zähnen. Das Zahnfleisch juckte unaufhörlich. Kein klarer Gedanke wollte sich einstellen. Der Pulsschlag musste mittlerweile den ihres Meerschweinchens erklommen haben. Dreihundert Schläge pro Minute. Angst breitete sich in ihr aus. Das Herz fühlte sich an, als wenn es gleich aus der schmalen Brust springen wollte. Der Kopf drohte zu platzen.

Sie wusste nicht, wie ihr geschah und schon gar nicht, wo sie sich befand. Filmriss.

Trotz grellem Sonnenschein wurde es wieder dunkel.

025

Angenehm erwärmte die Sonne nicht nur das Teakdeck, sondern auch den Körper von Gib. Es briste noch immer nicht auf. Die Wassermoleküle schienen sich nicht zu bewegen. „Es ist schier unglaublich, dass sich dieses glatte, friedliche Gewässer, in einen reißenden Schlund verwandeln konnte. Schwarz, tobend, kochend und Angst einflössend." Er hatte das schon öfter erlebt. Erst letztes Jahr wieder. „Doch nun will ich mich an dem JETZT erfreuen."

Entspannt lehnte er, mit Shirtfreiem Oberkörper, an seinem leuchtenden Gymnastikball. Die Noppen drückten sich sanft in seine noch helle Haut. Im Gegensatz dazu erschien sein Gesicht dunkel und wettergegerbt. Genüsslich sog Gib an seiner Pfeife. Das Boot machte keine Fahrt. Er schloss wieder seine Augen. „Wir sind alle nur Kurzreisende zwischen zwei Ewigkeiten. Meine Reise darf sich ruhig ausdehnen" sinnierte er.

Einen Moment später flog Gib von seinem Ball und prallte mit dem rechten Rippenbogen schmerzhaft gegen die Ruderpinne. Auf dem Rücken liegend registrierte er, dass die Mastspitze mindestens zehn Meter nach links und zehn Meter nach rechts ausschlug. Ein kraftvolles Dröhnen schwerer Maschinen drang unterdessen, vom Wasser her, an sein Ohr.

Mühsam rappelte er sich an der Backkiste hoch und linste über die Süllkante. Die Bootsschwankung verringerte sich nur langsam. Eine große, blauweiße ‚Sunseeker Predator sechzig‘, entfernte sich mit hoher Geschwindigkeit Richtung Travemünde und erzeugte dabei eine mächtige Heckwelle. Gib wusste, wer der Eigner war.

„Buddelwichser" fluchte er. Er musste für einen Augenblick eingenickt sein.

026

Unruhig rutschte Litze in der Plicht hin und her. Anstatt sich wie alle zu entspannen, sah er gestresst aus. „York, da muss doch etwas gehen" beschwerte er sich bei mir.

„Ich weiß, Du suchst den Gashebel. Das ist Deine Natur. Wir müssen es nehmen, wie es kommt. Das ist auch gut so. Wir können aber hier vor Rosenhagen vor Anker gehen. Wenn du dich auspowern möchtest, lasse ich das Kajak zu

Wasser oder du schwimmst ein paar Mal zwischen Boot und Land hin und her."

„Schwimmen ? Ich habe für die nächsten Tage genug vom Wasser" beklagte sich Claus.

„Prima. Vom Sitzen bekomme ich Schwielen am Hintern und noch mehr Kuschelfläche. Das wird teuer, da ich es dann wieder mit größeren Klamotten bekämpfen muss" erläuterte Litze.

„Das sind wohl in erster Linie die Fleischberge und vor allem die Chips, die du in dich hineinschaufelst."

„Claus, ich esse nicht einfach nur. Ich gebe Kalorien ein zuhause."

„Okay" sagte ich. „Wir ankern erst einmal. XO, berge du mit Litze das Code Zero. Anschließend das Großsegel. Dildo, du kannst das Ankergeschirr vorbereiten." Zur gleichen Zeit startete ich die Maschine. Nicht zu spät. „Achtung, festhalten. Wir bekommen Wellenschlag" rief ich, als uns eine fette Motoryacht mit hoher Geschwindigkeit passierte. Rasch steuerte ich den Bug im spitzen Winkel zu den anrollenden Wellen.

„Wow. Das fetzt" juchzte Litze.
Naja.

„Das war doch die ‚Makak.1' von dem Reeder Jürgen Makak" klärte uns Claus auf. „Ich habe ihn euch doch beim Stadtbäcker gezeigt. Die macht an die vierzig Knoten Top Speed. Die Tankrechnung möchte ich jedoch nicht sehen."

Wenige Minuten später waren die Segel sauber verstaut. Mit langsamer Fahrt näherten wir uns dem anvisierten Ankerplatz. Auf drei Meter Wassertiefe ließ Dildo den Anker fallen.

Claus übernahm freiwillig die Ankerwache, sodass wir anderen die ‚o.li' unbesorgt verlassen konnten. Drei Mal bewältigten wir die dreihundert Meter Strecke zum Strand und zurück. Jeweils zwei schwammen im Kraulstil gegeneinander und einer paddelte. Nach jeder Strecke wurde das Kajak getauscht, sodass am Schluss alle eintausendzweihundert Meter zurückgelegt hatten. Das reichte uns bei den Wassertemperaturen auch. Selbst Litze zeigte sich zufrieden. Nur Dildo schlotterte ein wenig.

Claus schüttelte mit dem Kopf. „Ganz Deutschland ist ein

Irrenhaus und hier ist die Zentrale. Da hätten mich keine zehn Pferde rein bekommen."

An Deck rubbelten wir uns kräftig ab und der XO reichte uns frischen Kaffee. Zusammen mit den molligen Sonnenstrahlen, taute auch Dildo wieder auf. Aus der Boseanlage erklang nach ‚You' das Stück ‚Tagtraum', beides von Schiller. Der restliche Nachmittag war Valium für die Seele.

027

Obwohl noch keine Ferienzeit, war das Seebad Travemünde heute gut besucht. Die warmen Temperaturen lockten viele Gäste zum Baden oder Bummeln an. Dementsprechend schwierig gestaltete sich das Auffinden eines vernünftigen Restaurantplatzes.

Das Fisch Hus in der Vorderreihe platze aus allen Nähten. Frank zuckte nur entschuldigend mit den Schultern. Neben-

an bei Andrea im Acapella, sah es für uns nicht viel besser aus. Alle Außenplätze im Casablanca waren bis auf den letzten Platz belegt. Willi bot uns ab zwanzig Uhr einen Tisch an. „Selbst Schuld" dachte ich. „Um achtzehn Uhr dreißig ist die Hauptessenszeit. Wir hätten bei dem Wetter reservieren sollen." Tags zuvor gab es überall Platz genug, da war das Wetter auch noch nicht so einladend.

Unser Glück ließ uns jedoch nicht im Stich. Im Fischtempel wurde gerade ein Tisch auf dem Ponton frei. „Es kann derzeit einen Moment dauern" begrüßte uns Pia. „Wir sind komplett überlaufen. „Getränke und Scampi wie immer?"

Wir nickten simultan. „Ich nehme heute aber nur drei."

Sie lächelte. „Vier Aperol Spritz, eine Apfelschorle, danach je sechs Scampi. York nur drei. Dazu Weißwein und Mineralwasser" notierte sie laut. Pia wusste, was wir brauchen.

„Das wird dir ein paar Jahre zurückgeben, mein Lieber" wandte sich Dildo an den XO. „Heute Mittag sahst du um zwanzig Jahre gealtert aus. Ich hatte schon die schlimmsten Befürchtungen."

„So schnell hatte ich noch nicht vor abzutreten. Allerdings habe ich keine Angst zu sterben. Ich habe Angst, nicht zu leben."

"Was du auch tust, auf keinen Fall darfst du mit siebzig aufwachen und darüber nachdenken, was du versäumt hast" stimmte ihm Litze zu. „Irgend so ein Psychoanalytiker, ich meine, es war Alexander Mitscherlich, hat einmal gesagt: *Viele möchten leben, ohne zu altern, und sie altern in Wirklichkeit, ohne zu leben.*"

„Älter werden ist eben die einzige Möglichkeit, zu überleben. Man kann nichts dagegen tun, dass man altert, aber man kann sich dagegen wehren, dass man verfällt" beteiligte ich mich an der Diskussion.

„Ich bin in einem knackigen Alter, heute knackt es hier, morgen da. Ihr könnt mir glauben, was ich sage. Besser wird es in diesem Leben nicht mehr. Missen möchte ich es trotzdem keinesfalls! Prost." Claus hob sein Glas.

„Salute zusammen." Ich prostete ebenfalls allen zu. „Sicher kann und muss man seinen Teil, zur Erhaltung seiner geistigen und körperlichen Fitness beitragen, aber die Gene spielen eine ganz wichtige Rolle. Wenn du keine guten Gene hast, kannst du trainieren, wie du willst. Ein biblisches Alter wirst du mit hoher Wahrscheinlichkeit nicht erreichen. Für ein langes Leben stehen Telomere. Das sind die Chromosonenenden und verantwortlich für die Zellteilung. Je länger das Ende, so länger ist das theoretische Leben. Lebensverlängernd bewirkt dagegen eine leichte Mangelernährung. Eiweißmangel stellt nach heutigem Stand der Dinge eine Verkürzung der Lebenszeit dar. Nur gut, dass wir Scampi bestellt haben" grinste ich. „Soweit die Theorie. Gegen ein gewaltsames Ableben, wie zum Beispiel bei einem Autounfall, helfen diese Parameter auch nicht."

Litze fühlte sich gleich angesprochen. „York, nicht die hohe Geschwindigkeit ist tödlich. Es ist der plötzliche Stopp."

„Themenwechsel bitte" rief Odin betrübt. „Für meinen Geschmack habe ich genug Tod um mich herumgehabt."

„Genau" pflichtete Dildo ihm kichernd bei. „Mal was ganz anderes, Odin. Zwei Dinge liebt der Mann: Pils und HB."

„Häh? Ich stehe auf dem Schlauch" sagte Odin irritiert.

„Wenn du damit nicht dein bestes Stück meinst, ist es nur halb so schlimm. Lies das doch mal rückwärts" feixte Dildo.

„Denkst du immer nur an das Eine?" verschluckte sich Claus beinahe. „Geht es auch normal?"

„Claus, wenn ich versuche normal zu sein, ist das immer

meine langweiligste Zeit. Ich möchte kein Normopath sein. Bei den Sexualpraktiken könnte ich dir vielleicht zustimmen. Wir Deutschen haben wirklich ausgefallenen Sex. Montag ausgefallen, Dienstag ausgefallen, Mittwoch…" Dildo schüttelte sich vor Vergnügen.

Am Nachbartisch saßen drei Frauen im Alter von Anfang dreißig. Offensichtlich hörten sie schon eine ganze Weile bei uns zu. Die Blondine wandte sich süffisant an Dildo. „Redest

76

gerne viel und trägst dabei ein bisschen dick auf, wie ?"

Da hing er schon an ihrer Angel. Oder sie an seiner ?

Er konterte galant. „In einem gebe ich dir Recht. Man sollte viel häufiger miteinander reden. Küssen ist die Sprache der Liebe, also komm her und sprich mit mir."

Lutze verschluckte sich beinahe an seinen letzten Scampi, als die Frau aufstand und Dildo heftig küsste. Sie flüsterte ihm etwas ins Ohr. Er nickte stumm, nahm seine Jacke und verabschiedete sich mit einem schelmischen Blick. „Jungs, wir sehen uns morgen zum Frühstück."

„Er zieht tatsächlich mit ihr ab" staunte Litze. „Da habe ich zwölf Semester Psychologie studiert und sechzehn Jahre Praxis als Paartherapeut, aber so etwas kann man nicht lernen."

Odin und ich nahmen die Gelegenheit wahr, um ebenfalls aufzubrechen. Odin wollte auf die ‚Applejuice' und nahm sich noch ein Fischbrötchen vom neuen Tempelkutter mit. Ich hatte eine romantische Verabredung.

Litze wand sich an Claus. „Wir nehmen noch einen ?"

„Also ich nicht mehr. Ich habe genug."

Beim weg gehen hörte ich noch Litzes Worte. „Oh Alkohol, oh Alkohol, dass du mein Feind bist, weiß ich wohl. Doch in der Bibel steht geschrieben, auch die Feinde soll man lieben."

Armer XO.

028

In der Auffahrt der großen modernen Villa, in der Lübecker Roeckstraße, parkte ein roter Mercedes CLS 63 AMG Coupe mit Hamburger Kennzeichen. Dieses Geschoss konnte fünfhunderteinundneunzig Pferdestärken mobilisieren und katapultiert den über zwei Tonnen schweren Luxuswagen, unter vier Sekunden auf hundert Stundenkilometer. Ein wahrer Kraftprotz.

Genauso, wie der zwei Meter drei lange Hüne im schwarzen Maßanzug, der seinen schmächtigen Chef begleitete. Er trug keine sichtbaren Schusswaffen unter der Kleidung. Das brauchte der Riese auch nicht. Er beeindruckte allein durch seine körperliche Präsenz.

Die beabsichtigte Wirkung verfehlte ihren Zweck nicht. Der Hausherr war sichtlich beeindruckt und konnte dies auch nicht verbergen. Er zitterte merklich. Anlass zur Sorge gab es für ihn genug. Die Geschäfte liefen schon seit einiger Zeit nicht zu seiner Zufriedenheit. Die allgemeinen wirtschaftlichen Probleme machten auch ihm stark zu schaffen. Bisher glich er die Defizite im operativen Geschäft durch ein weiteres, schnell wachsendes, Standbein aus. Innerhalb vier Jahren entwickelte sich seine Geschäftsidee, dank seiner ausgezeichneten Vernetzung in die osteuropäischen Staaten, zu einer kleinen Goldgrube.

Die Umsatzkurve zeigte seit Beginn an steil nach oben. Im

ersten Jahr setzte er Ware im Wert von elf Millionen Euro um. Im letzten Jahr über fünfundachtzig Millionen. Dieses Jahr peilte er mit berechtigtem Optimismus, die hundert Millionen Marke an. Bis Ende März.

Die ersten drei Monate starteten phänomenal.

Seit Anfang April fehlte die Ware und er konnte nicht, wie versprochen liefern. Seine Vertragspartner hielten die ersten beiden Wochen still. Danach übten sie behutsamen Druck aus.

Er konnte sie verstehen. Schließlich leisteten sie stets ein Drittel an Vorkasse. Cash. Mit dem größten Teil des Geldes stopfte er seine immer größer werdenden Finanzlöcher. Solange der Umsatz stieg, gestaltete sich das alles komfortabel.

Nur jetzt lief es aus dem Ruder. Alles. Dazu begannen sie die Geduld zu verlieren.

Darum stand einer seiner neuen Geschäftspartner, mit diesem geschniegelten Goliath in seinem Wohnzimmer. Keiner der beiden interessierte sich für den schönen Blick auf die Wakenitz. Es war alles gesagt.

Das entstandene eisige Schweigen wurde nur durch ein leises Rascheln unterbrochen. Blitzschnell machte der Riese eine Handbewegung in seine seidene Anzugsjacke. Etwas flaches Metallisches lag plötzlich in seiner rechten Hand. Der Riese packte zeitgleich den überraschten Hausherren mit einem schraubstockfesten Griff am Arm und drückte dessen linke Hand, flach ausgebreitet, auf einen massiven Holztisch aus der Wurzel des Rosenholz Baumes.

Mit einem flinken Schnitt trennte er die Fingerkuppe des Mittelfingers ab. Mit dem Brieföffner spießte er den Stummel auf und arrangierte ihn auf dem Wurzelholztisch, in der kleinen Blumenvase mit den weißen Maiglöckchen.

Blut tropfte auf den dicken weißen Berberteppich. Es war ihm egal. In seiner Schockstarre konnte er nicht einmal vor Entsetzen schreien. Mit gleichgültigem Blick reichte ihm der Hüne ein Stofftaschentuch.

„Sollte uns die Lieferung bis zum Fünfzehnten nicht zuge-

stellt sein, brauchst du keine Verabredungen mehr treffen"
sagte sein Geschäftspartner gefährlich leise, aber in einem
Tonfall, der nur eine mögliche Interpretation zuließ.

Er hatte ein Problem. Ein riesiges Problem.

029

Obwohl es schon stark dämmerte, kamen mir in der Vorderreihe die letzten Strandbesucher entgegen. Zum Teil sogar
noch barfuss. Eine kleine Gruppe Jugendlicher musste dem
Alkohol stark zugesprochen haben. Sie torkelten schräg sin-
gend an mir vorbei. Ich lenkte mein Fahrrad in einem größeren Bogen vorbei, um nicht Gefahr zu laufen, mit einem
der Betrunkenen zusammen zu stoßen.

Vor dem Eiscafe Venezia diskutierte ein Ehepaar, in säch-
sischem Dialekt, mit wilden Gesten über die Vielfalt des An-
gebotes. Offensichtlich konnten sie sich nicht entscheiden.

Die Außenplätze der Restaurants waren bis auf wenige Plätze wieder geleert. Im Yacht Club entdeckte ich noch einige
Clubmitglieder an der Bar. Hinter dem Clubgebäude bog ich
links ab. Nach weiteren hundert Metern lag mein Ziel vor
mir.

Das Rad war schnell am Gartenzaun fixiert. In der Gaube des
kleinen Hauses, neben dem Alten Leuchtturm, brannte eine
Kerze. Ein sicheres Zeichen, dass sich Stina schon zuhause
befand. Ich sperrte die Eingangstür auf und nahm die Stiege
nach oben. Gerade versuchte ich den Schlüssel in das Tür-
schloss zu führen, da öffnete sie mir die Tür.

„York, toll das du da bist" begrüßte sie mich freudig und gab mir, ehe ich antworten konnte, einen langen fordernden Kuss. Mit einem Fußkick schloss sie die Tür. Geschickt befreite sie mich von meiner mitgebrachten Tasche sowie der leichten Sommerjacke. Ihre flinken Finger schoben sich augenblicklich unter mein Poloshirt und arbeiteten sich entlang der Wirbelsäule zum Hals hinauf.

Mein Puls beschleunigte sich. Ich nahm sie in den Arm und erwiderte den Kuss. Mit pochendem Herzen ertastete ich ihre sinnlichen Kurven. Ihre zarte, warme Haut erschauerte unter meinen Händen. Drängend schob sie ihr Becken gegen meine Schenkel. Eine Reaktion meinerseits blieb nicht aus. Meine enge Hose fühlte sich noch enger an.

Es war ein gutes Gefühl.

„Nonome?" fragte ich atemlos zwischen zwei heftigen Küssen und meinte ihre neunjährige Tochter Mareike.

„Nonome? Die übernachtet heute und morgen bei einer Freundin" flüsterte Stina. „Die Nacht gehört uns allein."

Mit wilder Leidenschaft entkleidete sie mich Stück für Stück, entledigte sich ihrer Kleidung innerhalb Sekunden. Die folgenden zwei Stunden entführten uns beide in ungeahnte erotische Höhen. Stina brodelte unablässig wie ein Vulkan und ich war die Lava. Ein ungezügeltes Miteinander. Zwei Körper verschmolzen zu einem. Wie in einem Rausch.

„Ich kann mich bei dir so schön hemmungslos fallen lassen, York. Ich gerate dabei immer in einen phantastischen Schwebezustand, fühle mich geborgen und sicher. So etwas habe ich bisher noch nicht erleben dürfen."

„York, ich liebe Dich!"

Ich war angenehm erstaunt. Das hatte sie noch nie gesagt. Ich meinte es schon öfter gespürt zu haben, aber so konkret aus ihrem Munde, das ist doch etwas anderes. Ich leckte vorsichtig den leicht salzigen Schweißfilm von ihrem Hals, arbeitete mich küssend weiter zu ihrem Ohr vor. Zärtlich biss ich in ihr Ohrläppchen. „Mir geht es genauso und ich weiß, dass du es weißt."

Stina sah mich mit ihren warmen Augen lange an. „Meine Schmetterlinge im Bauch lachen schon lange über mich. Ich hatte Angst wieder einmal verletzt zu werden. Ich bin froh, dass ich es dir gesagt habe." Stina lächelte entspannt und legte nach. „Morgens kann ich nicht essen, weil ich dich liebe. Mittags kann ich nichts essen, weil ich dich liebe. Abends kann ich nichts essen, weil ich dich liebe. Nachts kann ich nicht schlafen, weil ich Hunger habe. Diesen Spruch habe ich einmal im Facebook gelesen und fand ihn voll kitschig. Heute kann ich das nur unterstreichen."

Ich war berührt, aber auch besorgt. "Apropos Hunger. Ich habe ein paar leckere Kleinigkeiten von Fisch Wöbke mitgebracht sowie einen zweitausendachter Masi Amarone."

„Oh, wie köstlich. Curryscampi und Algensalat. Meine Rettung."

„Claus und Litze sind noch im Fischtempel. Hoffentlich überlebt der XO das. So alleine mit Litze" lachte ich. „Salute."

„Mmmmh - der schmeckt wieder so lecker und samtig."

„Der wird noch besser werden. Die Luft wird ihm guttun. Schade nur, dass der Korken nicht mit Druck aus der Flasche schießt." Stina schaute mich mit fragendem Blick an. „Dann könnten wir versuchen, die Sterne mit dem Korken zu treffen."

„Du romantischer Banause" schäkerte Stina. „Übrigens, die Dame von heute Morgen heißt Hermine Reuse und ist, laut ihrem Hausarzt, temporär verwirrt. Nach dem Unfalltod ihres Ehemannes, vor über dreißig Jahren, leidet sie öter unter Realitätsverlust. Jetzt im Alter scheint sich der Effekt zu verstärken. Vor zwei Wochen tanzte sie zum zweiten Mal, innerhalb eines Monats, auf dem Tisch im Cafe der Hermannshöhe. Seither hat sie dort Hausverbot. Bisher waren ihre Aussetzer eher lustiger Natur und nicht gesundheits- oder lebensgefährdend."

„Claus hat das ganz schön mitgenommen. Vor allem die Wasserleiche."

„Da sind wir auch noch nicht weiter. Dazu noch die Leiche bei Odin. Ich habe da kein gutes Gefühl. Morgen früh fahre ich nach Lübeck in die Rechtsmedizin. Hoffentlich haben die ein paar Anhaltspunkte, die uns weiterbringen. Druck seitens der Gemeinde und der Politiker wird schon jetzt ausgeübt. Das liebe ich ja. Unser Personal knapp halten, notwendige Investitionen auf die lange Bank schieben, aber wir sollen Wunder vollbringen."

„Das ist doch typisch. Die Politiker, selbst am unfähigsten, lehnen sich immer am lautstärksten aus dem Fenster" pflichtete ich ihr bei. „Feierabend. Ich werde dich auf andere Gedanken bringen." Sanft drückte ich Stina in eine liegende Position und verteilte, an erogenen Zonen ihres wunderschönen Körpers, einige bunte Smarties.

Nachtisch.

030

Obwohl inzwischen die Dunkelheit den Passathafen einhüllte, blieb dem stillen Beobachter nichts verborgen. An der spärlichen Beleuchtung lag es nicht. Die hervorragenden Augen einer Katze besaß er auch nicht, dafür aber eine spezielle Technikausrüstung.

Der Restlichtaufheller ließ ihn, wenn auch als grünes Bild, alle wichtigen Details erkennen. Er musste nur aufpassen, dass er nicht direkt in eine Lichtquelle schaute. Deutlich zeichneten sich die Schiffe ab. Selbst die Namen ließen sich gut ablesen. Namen wie ‚Hölderlin', ‚Pa de dö', ‚Lelantina', ‚El Haudi', Felja-Finn', ‚Futur', ‚Beziehung', ‚o.li' und ‚Oliva'. Ein Name davon elektrisierte ihn besonders.

Sein Standort war perfekt gewählt. Das alte Hafengebäude, direkt am Priwallhafen, neben dem grünen Bitburger Bierausschankwagen, wurde aufgrund von losen Dachziegeln kaum mehr genutzt. Im Zuge der Priwall Umstrukturierung, sollte das Haus irgendwann einmal dem Erdboden gleich gemacht werden.

Aus dem Dachfenster heraus hatte er einen kompletten Überblick über den ganzen Hafen. Natürlich auch auf den äußeren Teil des Steg B. Seinem eigentlichen Ziel.

Dort befand sich der Ursprung seines Hasses. Die Antriebskraft seines Denkens und Handelns. Wie oft hatte er sich diese Situation ausgemalt und genüsslich in die Länge gezogen. Er würde es auskosten. Dieses Bild der Erfüllung. Immer und immer wieder. Das Bild würde sich unauslöschlich in sein Gehirn einbrennen.

Allein das hatte ihm die nötige Kraft gegeben. Kraft für die Veränderung. Kraft für all die Mühen. Kraft - um sich wieder selbst im Spiegel ansehen zu können. Er nahm das Nachtsichtgerät von den Augen. Eigentlich von einem Auge, da sein rechtes Auge nur noch zehn Prozent Sehkraft besaß. Zum wiederholten Male überprüfte er sein Präzisionsgewehr. Alles in Ordnung. Keine zweihundert Meter Entfernung. Eine für ihn sichere Distanz, auch mit seinem schwachen linken Auge. Noch so ein wunder Punkt. Wieder durchzog ihn aufkeimende Wut. Wenn es so weit ist, dann wäre alles innerhalb einer Sekunde vorbei. „Viel zu schnell" quetschte er leise zwischen seinen Lippen hervor, aber die funkgesteuerte Videokamera, welche unauffällig in der Nähe der Krananlage positioniert war, würde ihm dauerhaften Genuss garantieren. Zusammen geschnitten in zig Wiederholungen, in Zeitlupe oder wie auch immer.

Doch noch war es nicht so weit. Es ging bereits auf Mitternacht zu. Morgen war wieder ein neuer Tag. Er hatte Zeit. Seine Chance würde ganz sicher kommen. Ein Jäger auf der Lauer. Er brauchte nur Sekunden.

Leise verstaute er seine sperrigen Utensilien in seinem schwarzen Rucksack, verschloss den Zipp seines schwarzen Overalls und glitt, ein wenig eckig, durch das Nachziehen des rechten Beines, hinaus aus dem Haus, um mit der Dunkelheit zu verschmelzen.

Somit bekam er von den Aktivitäten, an Bord der Schiffe vom Steg G, nichts mit. Von seinem Beobachtungsposten aus hätte er freien Blick gehabt. Zum einem begaben sich die zwei Gestalten erst nach Mitternacht auf die Boote und zum anderen war das nicht seine Baustelle.

Ihn gab es nicht mehr. Er hatte aufgehört zu existieren.

In der Zeit zwischen Mitternacht und zwei Uhr morgens herrschte in Travemünde vollkommene Dunkelheit. Nur ganz wenige Geschäfte boten eine schwache Beleuchtung. Einzig die Straßenlaternen hellten die Vorderreihe auf. Die Trave lag wie eine schwarze, gesichtslose Schlange zwischen den einzelnen, gelborange leuchtenden Landmarkierungen. Der Mond sollte erst nach drei Uhr aufgehen. Solange würden sich keine Schatten ausmachen lassen. Ein idealer Zeitpunkt, um mit der Nacht zu verschmelzen.

Wer darauf achtete, der konnte ein leises Motorengeräusch wahrnehmen. Die drei Nachtangler an der Bunkerstation registrierten ein schwarzes Gefährt auf der schwarzen Trave. Den Ansatz einer Kontur folgend. Wahrscheinlich bildete sich auf der Netzhaut nur ein Gedanke ab. Hervorgerufen durch das gedämpfte Motorengeräusch. Solange ihre Angelruten ungefährdet blieben, interessierte sie der Idiot nicht wieter. In ihrer Vorstellung konnte es sich nur um einen Idioten handeln, der jetzt unbeleuchtet auf dem Wasser unterwegs war. Vielleicht auch wieder einmal ein übermütiger Jugendlicher. So etwas kam öfter vor. Ein Fischer war das mit Sicherheit nicht. Desinteressiert wandten sie ihre Aufmerksamkeit wieder den Ruten zu. Die Fische bissen heute Nacht nicht gut.

An der drittletzten weißen Kugeltonne mit gelbem Kreuz, am Priwallstrand, verebbte das Motorengeräusch. Geschickt wurde das kleine Fahrzeug an der kleinen Tonne fixiert. Mit einem kurzen Enterhaken fischte der Fahrzeugführer nach einem wasserdichten, schwarzen Beutel. Sein dritter und letzter für heute Nacht. Zwei Beutel hatte er schon in der Trave hinter dem Scandikai geborgen. So wie alle vierzehn

Tage im Mai, Juni, September und Oktober. Nur nicht an Feiertagen und Vollmondnächten. In der übrigen Zeit benutzten sie, um nicht weiter aufzufallen, andere ‚Briefkästen' zur Übergabe.

Nach dem der dritte Beutel sicher verstaut war, wurde der Motor wieder gestartet. Gleichzeitig sank die Anspannung. Wie immer hatte alles reibungslos geklappt. Die Nachfrage wuchs ständig. Jetzt konnte er sie wieder befriedigen.

Lucky grinste in sich hinein. Praktisch war er ein Fischer. Ein Fischer wie schon einige Jünger Jesu. Damals fanden die Fischer reiche Fanggründe vor und verdienten gut. Heute verdienten nur noch die besten Fischer gut. Er verdiente prächtig.

032

Morgens auf dem Revier fühlte Stina Wallison sich, trotz der nur zwei Stunden Schlaf, hellwach und fit. Ein wohliger Schauer durchlief sie, wenn sie an die vergangenen Stunden dachte. Das sie das noch einmal erleben durfte.

Sie schaute die neuesten Meldungen und Berichte der letzten vierundzwanzig Stunden durch. Ein Verkehrsunfall mit zwei schwer Verletzten, zwischen Kücknitz und Travemünde. Ein versuchter Einbruch in einem Kiosk in der Vorderreihe. Ihr Gesicht hellte sich auf. Laura Oertler, die vermisste Schülerin aus Bad Schwartau, war wieder aufgetaucht. Lebendig. Verwirrt und abgerissen, aber lebendig. Es wird vermutet, dass sie ein Drogenproblem hat.

Gut gelaunt trank sie ihren Kaffee aus, schnappte sich ihre

Jacke und den Autoschlüssel vom Dienstwagen. Innerlich wappnete Wallison sich auf ihren bevorstehenden Termin. Sie wurde um acht Uhr in der Lübecker Rechtsmedizin erwartet. Sie mochte diesen Ort nicht. Es war dort zu jeder Jahreszeit kalt, unerfreulich und der Geruch des Todes allgegenwärtig.

Eine der Schattenseiten ihres Berufes.

033

Heute tat Jochen Dienst auf der ‚Mary'. Um fünf Minuten nach neun Uhr klopfte ich an seine Bürotür.

„Warst du schon wieder im aRosa zum Sport?" fragte er freundlich.

„Gleich um sieben Uhr. Im Fitnessraum habe ich mein Sportprogramm allein durchgezogen und die ersten achthundert Meter durfte ich auch alleine schwimmen. Herrlich." Wir begaben uns zum Steg.

Die ‚Mary' wurde rasch vom Klampen gelöst und tuckerte mit Jochen am Steuer los. „Geht es gleich raus zum segeln?"

„Es ist kaum Wind angesagt. Wir fahren da lieber nach Süsel zum Wakeboarden." Hinter uns passierte ein voll beladener Ro-Ro-Frachter die Trave. Die ‚o.li' und die übrigen Yachten am Steg ‚B', schwojten sanft. Auf etlichen Dalben saßen Möwen und brüteten ihre Eier aus. In dieser Zeit waren sie besonders aggressiv. Mit Scheinangriffen stürzten sie sich gerne auf jeden, der sich ihren Nestern auf drei Meter näherte. Im Moment waren sie nicht beunruhigt. Der Passathafen lag noch verschlafen in der Morgensonne.

An Bord bemerkte ich ebenfalls keine Aktivität. Eigentlich wollten wir um halb zehn zu einem kleinen Frühstück aufbrechen. Innerhalb weniger Augenblicke hing meine Sportwäsche zum Lüften an Deck. Danach stieg ich den Niedergang hinunter. Litze kam mir mit gähnend entgegen. „Moinmoin" begrüßte ich ihn. „Doch schon auf?"

„Frage nicht. Es ist spät geworden. Ich bin gleich so weit." Er verschwand ins Bad.

Ich schaute nach Claus. Sein Gesicht wirkte unnatürlich weiß. Er versuchte zumindest ein Auge zu öffnen. Vergeblich. Mehr als ein Blinzeln brachte er nicht zustande. „B-i-to."

„Wie bitte? Ich verstehe nicht ganz" hakte ich nach.

„B-i-to" wiederholte Claus krächzend. „Bin ich tot?"

„So schnell stirbt es sich nicht" erwiderte ich. „Das müssen ja mindestens zwei Absacker gewesen sein" zog ich ihn auf. „Du wolltest doch nie mehr als zwei Drinks am Tag zu Dir nehmen. Wie sieht es bei Dir mit Frühstück aus?"

Claus Gesichtsfarbe wechselte ins Grünliche.

„Du bist doch wohl keine Memme?" Litze stand frisch aussehend im Türrahmen. „Denk dran Claus. Milch haut noch mehr rein als Alkohol oder kannst du dich noch an die ersten Jahre deines Lebens erinnern?"

„Ich hasse mich, denn ich bin so etwas von konsequent inkonsequent, dass es eine reine Freude ist, mir selbst beim Widersprechen zuzuhören. Mein Frühstück fällt aus. Ich bin um dreizehn Uhr am Auto." Daraufhin drehte er sich um und zog die Decke über den Kopf.

Morgähn...

034

Still lag sie da.

Würdevoll war etwas anderes.

Eine einstige Schönheit.

Ein unangenehmes Prickeln überzog POK Wallisons Rücken. Der Anblick von Simone Quartz sowie die kühle Temperatur in der Rechtsmedizin bereiteten ihr Unbehagen.

Ich habe in-interessante N-Neuigkeiten für d-dich, Stina." Der noch recht junge Dr. Kevin Roche, stotterte noch immer, wenn er Stina Wallison begegnete. Mit seinem weißen Kittel und dem blutarmen Gesicht, hob er sich nicht sonderlich von der hell gekachelten Räumlichkeit ab. Wallison war häufig überrascht, mit welchem umfangreichen Detailwissen dieser Eigenbrötler aufwarten konnte.

Desto weniger überraschte sie es, dass Kevin Roche im Frühjahr seine Doktorwürde, scheinbar nebenher, erlangte. Mit dem Thema ‚Verwesungsprozesse unter besonderer Berücksichtigung von Temperatur und Umgebung' gelang ihm eine besondere Wertschätzung seiner Kollegen und wurde darüber häufig von ihnen konsultiert. Seine Förderung durch eine private deutsch-italienische Stiftung, ermöglichte ihm eine Fortbildung in forensischer Entomologie und sogar zwei, jeweils achtwöchige Praktika auf der Bodyfarm der Universität Knoxville, in Tennesee/USA.

„Dann mal bitte in Kurzform, Kevin."

„Ein wenig muss ich da schon ausholen" begann Dr. Roche, wie von ihr befürchtet. „Die hier vor uns liegende Simone Quartz dürfte keine zwölf Stunden vorher ertrunken sein. Hingegen" er zog am Griff des Faches Nummer vier „hingegen diese Frau, namens Elvira Schätzing, ist seit mindestens vier Tagen verblichen." Er nahm das Tuch von ihrem Kopf, sodass Wallison das aufgequollene Gesicht entgegenblickte. Die Augen waren geschlossen. „Beide Wasserleichen sind nicht ermordet worden. Das kann ich schon einmal vorwegnehmen."

Stina Wallison atmete spürbar auf.

„Jedenfalls nicht im klassischen Sinne" fügte Dr. Roche an.

Wallison Anspannung war sofort wieder da.

„Einmal zum grundsätzlichen Verständnis, Stina. Das Ertrinken ist der Tod durch Einatmen von Flüssigkeiten und eine spezielle Form der Asphyxie, eine Unterform des äußeren Erstickens. Ertrinken gehört übrigens bei Kleinkindern zu den häufigsten Todesursachen. Statistiken und Studien zeigen, dass ein großer Teil von Ertrinkungsunfällen, dicht am Ufer und Booten passieren. Sehr oft wurden die Ertrunkenen im Nachhinein als gute Schwimmer beurteilt. Forschungen, seit Beginn der neunzehnhundertachtziger Jahre, erklären die ursächlichen Zusammenhänge und unterteilen den Ablauf des Ertrinkens, durch plötzliches Eintauchen ins Wasser, in vier Phasen. Der Kälteschock, als bestimmender Einflussfaktor bei Wassersportunfällen, wird durch die Benetzung der Haut mit Wasser ausgelöst. Die physiologische Antwort auf den Kontakt mit kaltem Wasser, tritt bereits ab zwanzig Grad Wassertemperatur auf. Bedrohlicher ist der Bereich unter fünfzehn Grad Wassertemperatur. Je niedriger die Wasser-emperatur, umso stärker ist die Antwort der beteiligten Organsysteme. Das Einatmen von Flüssigkeiten führt zu einem augenblicklichen Verschluss der Epiglottis. Dieser Schutzmechanismus wird durch Rezeptoren ausgelöst, die sich im Bereich des Kehlkopfeingangs befinden. Gleichzeitig wird versucht, die Fremdkörper, die Flüssigkeit etc. aus diesem Bereich, durch Abhusten zu entfernen. Nach Schätzungen der Organisation ‚Blausand', die sich für mehr Badesicherheit einsetzt, kommen jedes Jahr allein in Europa, mindestens zwanzigtausend Menschen bei Badeunfällen ums Leben. In Deutschland ertranken zweitausendzehn insgesamt vierhundertachtunddreißig Menschen. Davon waren achtzig Prozent der Ertrunkenen Männer. Mehr als die Hälfte der Ertrunkenen war älter als fünfzig Jahre. Wir…"

„Kevin, das sind interessante Zahlen, aber was hat das mit unseren Fällen zu tun" unterbrach Stina. Sie wurde langsam ungeduldig.

„Das liegt beinahe auf der Hand" begann Kevin wieder. „Nur knapp sechzehn Prozent der Ertrunkenen sind Frauen, also etwa jede sechste Wasserleiche. Wir haben hier zwei weibliche Wasserleichen. Statistisch ist das eine signifikante Abweichung."

„Ich bitte dich. Hast Du schon einmal etwas von Zufall gehört?" fragte Stina entspannter.

„Zufälle gibt es in meiner Welt nicht. Vor allem nicht, wenn beide Verstorbenen lebensfeindliche Substanzen in ihrem Urin aufweisen. Das Screening dürfte gleich erste Ergebnisse liefern. Darüber hinaus hatte Simon Quartz vor ihrem Tod noch Geschlechtsverkehr der härteren Gangart. Ob mit oder ohne ihr Einverständnis, vermag ich noch nicht zu sagen."

Aus dem Nebenraum erklang ein dauerhaftes Piepen. „Begleite mich doch nach nebenan. Ich habe schon eine Vermuung, aber will dem Test nicht vorgreifen." Dr. Kevin Roche öffnete die Tür mit der Aufschrift ‚Labor' und trat ein.

Wallison war bisher noch nie in diesem Raum. Neugierig schaute sie sich um. Mit den zahlreichen Apparaturen konnte sie nichts anfangen. Einige Apparate surrten und farbige LED blinkten unablässig in rhythmischen Abständen.

Kevin stand vor einem Monitor und nickte. „Wie ich es schon vermutet habe" murmelte er. „Ich nehme an, das hier wird einiges erklären." Er reichte ihr einen Ausdruck.

POK Stina Wallison runzelte nachdenklich die Stirn.

035

Im Acapella herrschte schon reger Betrieb. Drinnen saßen neun Personen, in angeregten Unterhaltungen vertieft und schlemmten ihr Frühstück. Draußen hatten wir noch die freie Auswahl sowie einen ungestörten Blick auf die Trave. Es war heute kein Markttag.

Litze und ich bestellten bei Andrea das Vitalfrühstück mit Cappuccino.

„Ich nehme das gleiche" rief Dildo ihr bestens gelaunt hinterher. Er erschien zusammen mit Odin und Armin.

Andrea blieb stehen und blickte die beiden anderen fragend an. „Apfelschorle und Cappuccino für uns. Wir haben schon gefrühstückt" antwortete Odin für beide. „Ist der XO gar nicht dabei?"

„Der braucht noch Zuspruch von Manitu" lachte Litze. „Der letzte Absacker ist ihm wohl nicht sonderlich bekommen. Wenn der so weiter macht, ist er bald reif für den Rosenhof."

„Wisst ihr, das der jetzige Rosenhof einst eine Werft war ?" hakte Armin ein. „Die Schlichtingwerft. Achtundachtzig Jahre haben dort bis zu achthundertfünfzig Menschen gearbeitet und sogar hundert Meter lange Stahlschiffe gebaut. Erst neunzehnhundertsechsundachtzig wurde die Werft geschlossen."

„Mieten, kaufen, wohnen. Makelst du jetzt auch Schiffe ?" wollte Dildo wissen. „Werftbetrieb ist dort im Prinzip noch immer" grinste er schelmisch. „Früher haben sie da drüben Schiffe gebaut und jetzt wracken sie ab."

Armin verdrehte die Augen. „Die Trave ist immer eng mit der Schifffahrt verbunden gewesen. Auch heute noch. Travemünde ist jetzt noch einer, wenn nicht sogar der größte Fährhafen in Europa. Der Skandikai wurde Anfang der sechziger gebaut und hat neun Terminals. Der Terminal sieben wird jetzt so umgebaut, dass sogar Schiffe bis zweihundert Meter Länge abgefertigt werden können."

„Noch größer war die Flenderwerft in Kücknitz an der Trave. Dort waren bis zu viertausend Mitarbeiter beschäftigt. Im zweiten Weltkrieg sind dort zweiundvierzig U-Boote gebaut worden. Danach jede Menge Ro-Ro-Schiffe und Fähren bis einhundertsiebzig Meter Länge. Die Viermastbark ‚Passat' wurde auf der Werft neunzehnhundertsiebenundneunzig generalüberholt. Erst Anfang zweitausend gingen dort die Lichter aus. Seither müssen die Autofähren, wie die dort gebaute ‚Pötenitz' und ‚Travemünde', bis zum nächsten Dock ganz nach Kiel fahren." Odin schielte auf die Leckereien auf dem Frühstückstisch. „Das sieht aber richtig gut aus. Ich habe auch noch ein Leckerli für mich dabei." Mit einem Griff in seine Jackentasche, zauberte er eine Tafel Milkaschokolade heraus. „Ich könnte schwören, dass die Schoko gerade meinen Namen gerufen hat. Satt heißt nicht, dass keine Schokolade mehr reinpasst" merkte Odin fröhlich an.

„Schokolade ist doch Obst und daher sicher ganz gesund. Kakaobohnen wachsen doch auch auf Bäumen, genauso wie Apfelsinen" belustigte sich Dildo. „Außerdem bist du kein Olympionike."

„Da halte ich es mit Churchill. ‚No sports'. Bisher bin ich damit gut gefahren. Übrigens, wo wir gerade dabei sind. Auf dem Priwall, ungefähr dort, wo der Campingplatz ist, war früher eine Pferderennbahn und..."

„Claus" rief Litze. „Das ist ja der Hammer. Was hat dich aus der Koje getrieben? Du siehst aus, als wenn du gekalkt worden wärst."

„Ich musste kurz auf die Toil..."

Dildo unterbrach ihn abrupt. „Schon wieder? Du willst wohl mehr als die sechs Monate auf Toilette sitzen, welche ein Mensch dort durchschnittlich im Leben verbringt?"

„Darf ich vielleicht ausreden? Ich habe zwischendurch einen Blick auf die Aktienkurse geworfen. Silber ist wieder komplett abgerutscht" Er warf mir einen geknickten Blick zu. Mein XO sah noch ganz mitgenommen aus. „Ich bin mal wieder ausgeknockt."

„Vergiss die Börse. Vergiss den DAX. Das ist alles fremd gesteuerte Spekulation. Da bist du ein Spielball der großen Zocker" hielt ihm Odin vor. „Wie würdest du den Rest deines ohnehin kurzen Daseins verbringen, wenn du heute mitgeteilt bekommst, dass du nur noch drei Monate zu Leben hast?"

„Geld ist nicht alles, aber kein Geld ist auch nichts" versuchte ich meinen XO zu unterstützen.

Dildo fiel sofort wieder ein Scherz dazu ein:
„Kommt ein Kunde in eine Schweizer Bank.
Sagt der Kunde leise: „Ich möchte gerne ein Konto eröffnen und
fünf Millionen Euro einzahlen…
Antwortet der Bankberater laut: „Sie können ruhig laut spre-
chen. Armut ist keine Schande."

"Ich bin nicht blöd" reagierte Claus ungehalten. „Ihr ver-
steht nur meine Logik nicht."

Andrea brachte Claus eine dampfende Tasse. „Möchtest du
noch etwas zum Cappuccino?"

„Ja, meine Ruhe!" Erschrocken über sich selbst fügte er
hinzu. „Sorry, aber das ist noch nicht mein Tag heute." Kurz
nippte er an dem heißen Getränk und verzog augenblicklich
sein Gesicht. „Autsch. Ist der noch heiß" fluchte er.

„Da werde ich dich ein wenig aufmuntern" begann Dildo.
„Kommt ein ranghoher Coca Cola Manager zum höchsten deut-
schen Bischof.
„Exzellenz, ich möchte ihnen ein grandioses Angebot unter-
breiten. Wir zahlen ihnen jährlich € 250 Mio. dafür, dass sie im
,Vater Unser' das Wort Brot gegen Coke austauschen."
„Also bitte, wir sind doch nicht käuflich" erwidert der Bischof
entrüstet und verzog missbilligend sein Gesicht.
„Ich verstehe das, Exzellenz. Ich bin jedoch befugt, das Angebot
auf jährlich € 1 Milliarde aufzustocken."
Der Bischof: „Ich kann ihr Anliegen ja einmal dem Heiligen
Vater vorstellen – versprechen sie sich davon aber nichts."
Der Bischof trägt dem Papst vor.
Er lächelt andächtig. „Nun, wir können immer ein wenig Geld
gebrauchen. Stellen sie sich bitte vor, was wir damit alles Gutes
bewirken können." Nach kurzer Pause fügt er hinzu: „Ich
glaube wir können das Angebot nicht ausschlagen, aber lassen sie
bitte vorher die Verträge mit der Bäckerinnung überprüfen."

Bis auf Claus schüttelten wir uns vor Lachen. „Wie kann
man morgens schon so drauf sein?" Vorsichtig schüttelte er

seinen Kopf. Man konnte ihm den Brummschädel förmlich ansehen. Er führte behutsam den heißen Cappuccino zu den Lippen.

„Ganz einfach. Ich habe mich heute Nacht wieder einmal ein bisschen verliebt. Das war vielleicht eine heiße Braut" strahlte Dildo. „Nicht einfach nur so drei Sekunden Sex wie ein Moskito. Das war eher wie bei den Präriewühlmäusen. Die können bis zu vierzig Stunden."

Bevor die Tasse Claus Lippen berührte, knallte er sie zurück auf den Unterteller. Der Löffel schnellte klirrend davon. „Oh nein" hörten wir ihn entsetzt schnaufen. Hastig sprang er auf und rannte Richtung Kreuzfahrtterminal davon. Ein „Bis später" vernahmen wir erstaunt und schon entschwand er aus unserem Blickfeld.

Dafür schob sich so langsam und seltsame Kurven fahrend, der Rollator der AOK Ferrari Pilotin in unseren Gesichtskreis. Sie war wieder persönlich am Lenker. „Da haben wir Claus seinen Fluchtgrund" lachte ich. „Der Arme. Das ist wirklich nicht sein Tag. Ich glaube, wir sollten die 112 anrufen. So wie sie unterwegs ist, weiß sie nicht, was sie tut."

„Ich kümmere mich darum. Ich kenne sie. Frau Reuse ist Mieterin in einem meiner Objekte." Armin begab sich sogleich zu der torkelnden Dame und sprach sie an.

„Ich will auch los" sagte Odin. „Ich möchte mir endlich das Seebadmuseum in der Torstrasse ansehen. Es soll sehr interessant sein. Ihr wollt noch immer nach Süsel zum Wakeboarden?"

„Genau. Wir lassen das Leben auf uns regnen, aber vorher gibt es jetzt noch zwei Joghurt-Pfirsich Eiskugeln bei Pascal vom Eiscafe Venezia. Vielleicht sehen wir uns zum Abend im Fisch Hus bei Segel Peter? Ich habe dort sechs Plätze um zwanzig Uhr reserviert.

036

Innerhalb zwei Stunden lagen dem Revier der Travemünder WaschPo fünf Anzeigen über Batteriediebstahl auf Sportbooten vor. Insgesamt waren achtzehn große Batterien entwendet worden.

„Hoffentlich kommen da nicht noch mehr dazu. Allein, wenn ich an den Papierkram denke, wird mir übel." Hans schüttelte sich. „Wahrscheinlich haben das noch gar nicht alle bemerkt. Was wollen die bloß mit dem Mist? Dafür zahlt dir doch kein Hehler mehr als fünf Euro pro Stück" regte er sich auf. „Der Schaden ist um ein vielfaches höher."

„Die haben gleich die ersten fünf größeren Boote am Steg G geplündert. Zu zweit waren die allemal. Ein geeignetes Transportmittel brauchst du auch für die Menge. Ich finde das auf jeden Fall angenehmer, als die Wasserleichen der letzten Tage. Davon habe ich die Schnauze gestrichen voll" beschwerte sich Malte Scheel, der erst dreiundzwanzigjährige Polizeimeister. „Das war nicht meine Motivation, um bei der Wasserschutzpolizei anzufangen."

„Wer sich für höhere Polizeiaufgaben qualifizieren möchte, der muss das abkönnen" ätzte Hans.

„Ach, und ausgerechnet du wärst so einer?"

Nichts sagend blickte Hans ihn an. „Wirst schon noch sehen, du Bürschchen. Das Ende meiner Karriereleiter ist noch lange nicht in Sicht" dachte Hans. Laut sagte er „Die Qualitäten einer Führungskraft bestehen nicht aus Sprüchen. Mit Buch und Brille zum Klo gehen, das reicht nicht zum Klugscheißen."

„Wie wahr, wie wahr" erwiderte Malte. „Klugscheißer" behielt er für sich.

037

Die weichen Sohlen der Camelschuhe von Polizeihauptkommissar Holger Karat, vom Lübecker Morddezernat MD.1, dämpften den Trittschall, verursacht durch die leeren und gekachelten Flure, erheblich. Lediglich ein unangenehmes quietschendes Geräusch, ähnlich, als wenn Kreide auf einer Tafel schrille Töne erzeugte, beleidigte seine Ohren.

Wenn er auch aus beruflichen Gründen ständig mit Leichen zu tun bekam, zog es ihn nicht mit Freude in die Rechtsmedizin. In freier Natur störte ihn das nicht. Dort bekam er frische Luft zum Atmen. In diesen Kellerräumen jedoch, entkam er dem Geruch des Todes nur selten. Die pfefferminzhaltige Salbe, unterhalb der Nase, verbesserte die Situation für ihn nie. Trotzdem schmierte er sich die Salbe jetzt dick oberhalb seines schmalen Oberlippenbärtchen auf.

Bedächtigen Schrittes näherte er sich der letzten Türklinke. Der Tür zu Frankensteins Labor, wie er Dr. Kevin Roches Reich nannte. Vor der Tür wartete sein Kollege Detlef Schlumpberger auf ihn. Sie nickten sich stumm zu. PHK Karat galt in Polizeikreisen als Zögerer, als ewiger Taktierer und Weichei. Er verstand es, der Politik nach dem Schnabel zu reden und zu agieren. Einige Kollegen trauten ihm eine politische Laufbahn zu. Wer ihn besser kannte, dazu gehörte allerdings kein Kollege, der wusste, dass seine Vorlieben ganz wo anders lagen. Der zweiundvierzigjährige PHK Karat war schwul. Kein bekennender Homosexueller. Seine strenge Erziehung ließ das nicht zu. Im Gegenteil. Er verachtete Homosexualität und an manchen Tagen sogar sich selbst.

Deshalb hütete er sein kleines Geheimnis mit allerlei Vorkehrungen. Er verkehrte nur in geschlossenen Clubs und auch nur in Clubs, wo sich die Anwesenden mit Teilmasken anonymisierten. Um sich zu lockern, konsumierte er zwei Stunden vorher Amphetamine in Pillenform, so genanntes Speed. Diese Droge übte eine enthemmende Wirkung auf ihn aus, seine Komplexe verschwanden für vier bis sechs Stunden. Bisher glaubte PHK Karat noch, dass er den Konsum unter Kontrolle hielt. Seinen Bedarf deckte er diskret über ein Postfach. Dennoch wusste PHK Karat genau, wer ihn da mit Nachschub versorgte. Schließlich war er ein hochkarätiger Kriminalist. Sein Nachname war Programm und bürgte für Qualität. Darum wurde er im letzten Herbst zum Hauptkommissar befördert.

„Ganz schön ausgezehrt unser Hochkaräter" dachte Detlef Schlumpberger. „Der sieht urlaubsreif aus."

Sie nickten sich noch einmal stumm zu und traten in den kalten Raum ein. Dr. Kevin Roche und POK Stina Wallison waren schon vor Ort und im Gespräch. Sie begrüßten sich kurz. Roche fasste noch einmal kurz das bereits Gesagte zusammen und kam zu den Ergebnissen.

„Elvira Schätzing muss schon länger drogenabhängig sein. Ihr körperlicher Zustand war schlichtweg katastrophal. Bei ihr konnte ich größere Mengen von Crystal Meth und Ketamin nachweisen. In der Zusammensetzung und Menge können wir von einem geplanten Suizid ausgehen. Ihre Organe waren schon sehr stark in Mitleidenschaft gezogen. Ich denke, sie hätte ohnehin keine sechs Monate mehr gelebt. Eine Fremdeinwirkung konnte ich nicht feststellen. Sie wird sehr rasch einen Kreislaufzusammenbruch erlitten haben und ist in der Trave ertrunken. Entsprechendes Wasser habe ich in ihrer Lunge gefunden."

„Crystal Meth ?" hakte Stina Wallison ein. „Damit haben wir hier doch eigentlich gar keine Probleme."

„Crystal, ist Englisch und steht für Kristall. Crystal Meth ist der Modename für so genannte Methamphetamine, auch N-Methylamphetamine genannt. Es ist weltweit unter vielen anderen Namen verbreitet. So ist es auch als Ice, Yaba, Vint, Meth, Ups, Crank, Mao, Mollies, Diamonts und Chalk bekannt. Der Preis liegt bei vierzig bis siebzig Euro pro Gramm. Im Gegensatz zu anderen Drogen hat Crystal einen starken Reinheitsgrad von neunzig bis hundert Prozent. Mehr als je zuvor sind junge Menschen in Europa einer Vielzahl von Pulvern und Pillen ausgesetzt. Crystal Speed ist auch ein Methamphetamin, allerdings mit geringerem Reinheitsgehalt und gehört somit zu der Gruppe der Amphetamine. Es ist ein weißes, zum Teil auch eingefärbtes, kristallines Pulver. Bis in die Vorkriegszeit wurde es unter dem Namen Pervetin, als Psychopharmaka vertrieben. Während des Zweiten Weltkrieges wurde Crystal Speed von Soldaten der deutschen Wehrmacht, oft als angeordneter Wachmacher zur Leistungssteigerung konsumiert. Mit dieser, so genannten Panzerschokolade überrollten die chemisch aufgeputschten Soldaten Polen und Frankreich. In diesem Zusammenhang spricht man vom Zweiten Weltkrieg, von einem Speedkrieg." Roche stotterte nicht mehr. Er war in seinem Element.

„Nach dem Ende des Krieges gab es viele süchtige Soldaten, in allen Armeen. Zurückkehrende US-Piloten, schwer süchtig, gründeten die ‚Hells Angels' und organisierten den Handel mit Amphetaminen. Nebenbei bemerkt, damit US Soldaten während eines Einsatzes nicht unnötig viel Wasser mitführen müssen, können deren Fertiggerichte heut zu Tage auch mit Urin zubereitet werden" schweifte er ab.

„Kommen sie auf den Punkt" murrte PHK Karat gereizt.

„Ich möchte, dass sie alles genau Verstehen und dazu muss

ich etwas umfassender ausholen" antwortete Dr. Kevin Roche ungerührt. „Crystal Meth wird, wie gesagt, in der Szene oft mit einem wesentlich höheren Reinheitsgehalt von über neunzig Prozent gehandelt, als sein Artgenosse Amphetamin bzw. Speed. Der ist meist gestreckt und wartet nur mit einem Wirkstoffgehalt von zehn bis zwanzig Prozent auf."

Stina Wallison registrierte, dass ihr Kollege PHK Karat sich unkonzentriert abwandte und mit seinem Telefon hantierte, obwohl hier unten kein Empfang möglich war. „Wahrscheinlich überspielt er seine Übelkeit" ging ihr durch den Kopf.

„Crystal Meth ist daher ungleich gefährlicher" fuhr Kevin weiter fort „da viele Konsumenten die Konzentration des Stoffes unterschätzen. Während die Substanz früher als Kokain für Arme im Drogenmarkt nur eine Nebenrolle spielte, hat sie sich mittlerweile zur globalen Bedrohung entwickelt. Begünstigt wird dies dadurch, dass sich die Droge relativ einfach aus handelsüblichen Grundsubstanzen herstellen läst. Gleichzeitig zeigen alarmierende neue Studien, wie zerstörend Methamphetamin auf Körper und Psyche der Süchtigen wirkt. Ein unaufhaltsamer Verfallsprozess, der sich mit jeder weiteren Dosis verschlimmert." Kevin machte eine Kunstpause. „Egal welche Droge, sie lösen grundsätzlich vergleichbare biochemische Prozesse im Gehirn aus. Ab einer gewissen Dosis erfolgt eine erhöhte Ausschüttung von Dopamin. Dieser Botenstoff heizt das Belohnungszentrum an. Beim Essen zucker- oder fetthaltiger Nahrung, steigt die Ausschüttung um fünfzig, bei Marihuana um einhundertfünfundsiebzig, bei Alkohol um zweihundert, bei Kokain um vierhundert und bei Crystal Meth in wenigen Sekunden um eintausend Prozent."

Wieder legte Kevin eine kurze Pause ein, um die Zahlen wirken zu lassen. „Die erhöhte Ausschüttung wird in einem so genannten Rauschgedächtnis abgespeichert und vergrößert sich durch Häufigkeit. Es verlangt immer mehr nach Stimulans. Diese Umwandlung ist sehr stabil und bildet sich auch nach jahrelanger Abstinenz nur langsam zurück. Das zumeist weiße Pulver wirkt harmlos. Doch das synthetisch hergestellte Crystal Meth ist für den Körper so zerstörerisch, wie kaum eine andere Droge. In den USA wird das Aufputschmittel nach amtlichen Schätzungen von mehreren Millionen Menschen konsumiert, auch in Asien. In München etwa wird CM, laut Beobachter in der Schickimicki-Szene, immer mehr konsumiert. Die Verfügbarkeit von Methamphetamin hat in den vergangenen Jahren, vor allem im Norden Europas, etwa in Lettland und Skandinavien, besonders rapide zugenommen und Amphetamin bereits als Stimulans teilweise verdrängt. Es wirkt wie Kokain, macht sehr wach, sehr selbstbewusst und vor allem sehr kaputt. Importiert wird die Billigdroge hier überwiegend aus dem Nachbarland Tschechien oder dem übrigen Osteuropa. Konsumiert wird sie von einer Generation, die nicht begreift, dass ein mehrtägiger Dauerrausch kein Grund zur Freude ist, sondern ein Fall für die Psychiatrie."

„Wie ist die Dosierung und Wirkungsweise von CM?" wollte Wallison wissen. PHK Karat machte ein genervtes Gesicht und schaute demonstrativ auf seine Uhr.

„Durch die Nase gesniefes Crystal Meth wirkt nach drei bis zehn Minuten. Beim Schlucken tritt die Wirkung erst nach über dreißig Minuten ein, gespritzt schon nach wenigen Sekunden. Je nach Dosis hält die Wirkung vier bis zwölf Stunden an, teilweise bis zu dreißig Stunden. Die Dosis einer fünfundsiebzig Kilogramm schweren Person liegt bei fünf bis acht Milligramm. Das Methamphetamin stimuliert das zentrale Nervensystem. Es bewirkt eine erhöhte Ausschüttung von Neurotransmittern, Noradrenalin und Dopamin in die synaptischen Spalten im Gehirn sowie von Adrenalin in den Nerven außerhalb des Gehirns und des Rückenmarks. Der Körper wird in eine Art Ausnahmezustand versetzt, welcher sonst nur in Gefahrensituationen eintritt. Der Organismus wird dazu veranlasst, nachrangige Bedürfnisse, wie Schlafen, Essen und Trinken zurückzustellen. Die Energie wird für die Steigerung des Stoffwechsels und der Atmung benötigt. Der

Puls wird schneller, Blutdruck und Körpertemperatur steigen an. Die Pupillen sind erweitert. Es kann zu unterschiedlichen Reaktionen kommen. Kurzzeitig gesteigertes Selbstbewusstsein, mehr Leistungsfähigkeit, Schmerzunempfindlichkeit, Euphorie, gesteigerter Rededrang, Wohlgefühl. Anwender berichten außerdem von Spaß an eintönigen Tätigkeiten, einem verstärkten sexuellen Verlangen und Aggressionsschübe. Das hört sich erst einmal nicht bedrohlich an, aber das Zeug hat es in sich."

Kevin Roche wickelte sich einen Eukalyptusbonbon aus und schob ihn beiläufig in seinen Mund. „Die Nebenwirkungen sind heftig. Zittern, Unruhe, Nervosität, Schlaf-, Herzrhythmus- und Konzentrationsstörungen, eingeschränktes Kurzzeitgedächtnis, Kopf- und Muskelschmerzen, Übelkeit, verstärkt zwanghafte und planlose motorische Aktivitäten sind möglich. Teilweise starke Hypermotorik der Kaumuskelaktivität oder Erektionsschwierigkeiten aufgrund eines geschrumpften Penis. Bei einer Überdosis kommen Angstzustände, Paranoia, plötzlicher Blutdruckabfall bis zum Kollaps hinzu. Danach folgen oft Depressionen und Trägheitsphasen. Bei häufigem Konsum verstärken sich die vorgenannten Nebenwirkungen schnell. Dazu kommen Magendurchbrüche, Nierenschäden, Zahnausfall und Organblutungen. Das Risiko von Hirnblutungen und Schlaganfällen steigt sehr stark an." Dr. Kevin Roche führte sich den nächsten Bonbon zu.

„Okay, okay. Ich will doch kein Therapeut werden. Was gibt es denn zu der anderen Leiche zu sagen?" PHK Karat machte einen zunehmend unruhigeren Eindruck.

Dr. Kevin Roche blickte nur kurz hoch. „Bei Simone Quartz liegt der Fall ein wenig anders. Ihre Fingernägel sind teilweise abgebrochen, aber ich konnte darunter keine menschliche DNA feststellen. Ich denke, sie hat sich die Nägel an einem härteren, glatten Gegenstand abgebrochen. Vielleicht an einem Metallkörper. Übrigens, der menschliche Fingernagel wächst im Laufe des Lebens im Schnitt achtundzwanzig Meter. Etwa biochemisch betrachtet, haben die menschlichen Nägel die gleiche Beschaffenheit, wie das Horn des Nashorns, das als Aphrodisiakum gilt."

Da der Hauptkommissar ungeduldig mit der Hand wedelte widmete er sich wieder Simone Quartz zu. „Bei ihr habe ich nur geringe Spuren von Amphetamin gefunden."

Holger Karat drehte sich um und wollte aufbrechen. Doch nach dem nächsten Satz von Dr. Roche hielt er in der Bewegung inne.

„Dafür habe ich erhebliche Mengen an Gammahydroxybuttersäure, also GHB gefunden. Das ist Liquid Ecstasy oder allgemein bekannt unter K.O.-Tropfen. Bei einer geringen Dosis wirkt sie berauschend und enthemmend. Bei einer höheren Dosis hingegen wirkt diese Substanz einschläfernd. In letzter Zeit wurde vor allem Frauen unwissentlich GHB verabreicht, um sie willenlos zu machen. Diese Situation wird von den Tätern genutzt, um Ihre Opfer zu vergewaltigen, sexuell zu missbrauchen oder auszurauben. K.O.-Tropfen sind farb- und geruchlos. Vermischt mit einem Getränk, ist der leicht salzig-seifige Geschmack kaum zu schmecken. K.O.-Tropfen machen zuerst willenlos und dann bewusstlos. Die Wirkung tritt nach etwa einer viertel Stunde ein und hängt sehr stark von der Dosis ab. Zu Anfang wirken K.O.-Tropfen ähnlich wie Alkohol. Die Selbstbeherrschung reduziert sich. Erste Willenlosigkeit tritt auf. Dieser Zustand wird von den Tätern oft genutzt, um die Zielperson an einen anderen Ort zu bringen. Bei einer höheren Dosis hingegen wirkt GHB dann einschläfernd. Die Wirkung hält zwei bis vier Stunden an. Bewusstlosigkeit und Erinnerungslücken treten auf. Die Opfer können sich gar nicht oder nur bruchstückhaft an das Geschehene erinnern. Schon wenige Milliliter der Substanz reichen aus, um die Opfer zu betäuben. Die Tropfen werden in Diskotheken, in Kneipen, bei öffentlichen und privaten Partys, in einem unbeobachteten Moment in ein Getränk gemischt. Bis die betäubende Wirkung eintritt, können die Täter Ihre Opfer dann an einen anderen Ort bringen. Ich bin mir sicher, dass Simone Quartz genau so ein Opfer geworden ist. Warum sie dann ertrunken ist, das dürft ihr herausfinden" beendete Dr. Roche seine Ausführungen.

038

Im Wasserski- und Wakeboardpark Süsel, der seinen kompletten Strom aus eigener Solarenergiegewinnung generiert, war zu unserer Freude noch nicht viel los. Lediglich eine Schulklasse probierte auf Bahn zwei, zum ersten Mal Wasserski aus. Die Schüler amüsierten sich prächtig.

Christel von der Rezeption, checkte uns rasch ein und wir wechselten in der Umkleide unsere Kleidung. Die Shorts hielt ich bereits in der Hand, da klingelte mein iPohne. „Pronto."

„Armin hier. Ich wollte nur kurz berichten, dass die Pilotin von vorhin, also die Frau Reuse, voll im Drogenrausch war. Mit einundachtzig Jahren. Das musst du dir mal vorstellen.

Die hätte sich bestimmt wieder in der Trave versenkt. Anyway, ich habe gleich noch einen Charterkunden zur Einweisung. York, bleibt es bei achtzehn Uhr dreißig imleckeren Fisch Hus?"

„Ja klar. Bis später" verabschiedete ich mich. Auch Litze beendete gerade ein Telefongespräch. „Jetzt machen wir die Dinger aber aus, okay?"

„Das war mein Steuerberater. Ist so ein trockener Typ. Ganz verspannt. Der ist so verspannt, der frisst morgens ein Stück Kohle und abends scheißt der Diamanten. Auf geht's."

Obwohl Claus noch ein wenig wackelig aussah, überließen wir ihm den ersten Start. Da sich kein Lüftchen regte, war das Wasser spiegelglatt. Elegant glitt der XO mit seinem Monoski über Millionen von Wassermolekülen. In den Kurven erzeugte er meterhohen Spray, der, zusammen mit den Sonnenstrahlen, einen kleinen Regenbogen erzeugte. Ein ästhetisches Bild. Dino folgte ihm auf einem Wakeboard. Litze passte sich gerade seine Ski an. Vor ihm stand noch ein Wakeboarder oder besser, er zappelte unruhig vor ihm hin und her. Dabei brabbelte er wirres Zeug.

„Hey" sprach ihn der Leinengeber an. „Was mit dir los? Wenn du wieder auf Droge bist, dann lasse ich dich nicht fahren." Der Typ kicherte nur wirr. „Komm wieder, wenn du clean bist. Heute wird das nichts." Daraufhin überreichte er Litze die Zugleine. Als nächster war ich dran.

Nach dreißig Minuten herrschte schon ordentlich Betrieb und wir machten eine kurze Getränkepause. Dildo saß noch nicht richtig, da hatte er schon eine weibliche Nervensäge an der Backe, die ihn ungefragt zutextete, obwohl er ihr schon zweimal zu verstehen gegeben hatte, dass er seine Ruhe haben wollte. „Das ist eine, die mit beiden Beinen im Leben anderer steht" warnte Litze uns eindringlich. Er musste es wissen. Schließlich war er der Paartherapeut.

Dildo war jetzt sichtlich angesäuert. „Damit erst keine Missverständnisse entstehen" sprach er sie höflich, aber mit Nachdruck an. „Wir können einmal etwas trinken gehen, aber nicht zusammen und du kannst dich mal melden, nur nicht bei mir. War das jetzt klar genug ?"

„Schaut mal" warf Claus ein „der Typ dort hat beinahe die gleichen Sachen an wie du, York."

„Na, da musst du aber einen gewaltigen Sehfehler haben" lachte Litze. „Allenfalls sind die Farben ähnlich."

„Sag ich doch" grinste der XO.

039

Im Morddezernat MD.1 in Lübeck brannte die Luft. Hitzige Wortgefechte hatten die Stimmung aufgeheizt. PHK Karat vertrat die Meinung „Kein Mord, keine Ermittlungen seitens des MD.1. Da sind die Kollegen der Drogenfahndung oder von der Sitte gefragt."

„Schluss jetzt" schaltete sich nun der Kriminaldirektor ein. „Holger, du übernimmst beide Fälle, in enger und kollegialer Zusammenarbeit mit den Kollegen der WaschPo Travemünde, insbesondere mit POK Wallison. Ich habe das schon mit dem dortigen Revierleiter besprochen. Wallison wird gleichberechtigt an deiner Seite arbeiten."

Schweigend nickte Karat. Da er kein weiteres Wort sagte, wandte sich Stina Wallison an die Kollegen. „Okay, wir haben schon, wie gehört, ein paar Informationen und mögliche Ansatzpunkte. Offensichtlich haben wir es mit einem mittleren Drogenproblem zu tun. Dazu passt auch, dass in Travemünde im größeren Umfang Autobatterien geklaut wurden. Das ist oft ein Diebstahldelikt in Großstädten, welches von Drogisten ausgeführt wird. Wenn mangels Geld die Strombelieferung eingestellt worden ist, behelfen sie sich mit Autobatterien. Da sie die aus dargelegten Gründen nicht wieder aufladen können, klauen sie wieder neue. Bei Hausdurchsuchungen wurden so schon hunderte Autobatterien gefunden. Wir teilen uns vorerst in zwei Teams, jedoch mit vollem Informationszugang. So können wir eventuelle Gemeinsamkeiten schneller erkennen." Umgehend benannte sie die einzelnen Mitglieder. „Holt euch Informationen über das private Umfeld, die Arbeitsstelle und versucht die Handys bzw. ihre Telefonnummern auszuwerten. Zapft eure Quellen an. Ich will alles über ihre letzten vierundzwanzig Stunden wissen. Alles" feuerte sie ihre Kollegen an.

„Was ist im Fall Elvira Schätzing bloß schief gelaufen ? Sie war erst zweiundzwanzig. Wo waren die Eltern, die Arbeitskollegen, ihr Umfeld ?" fragte sich Stina Wallison.

040

Auf der Wasserskianlage in Süsel herrschte mittlerweile Hochbetrieb. Die satten Beats an der Startrampe ließen uns im Takt mitwippen. Ich leerte mit zwei kräftigen Zügen meine Aloha Brauseflasche. Auf einmal gab es ungewohnte Hektik am Starthäuschen. Die Anlage wurde abgeschaltet und alle noch am Seil fahrenden Sportler versanken fluchend in dem Wasser.

Der Seilgeber und ein weiterer Angestellter machten das kleine Motorboot startklar und düsten zu den Bojen der ersten Kurve. „Blut und verletzt" hörten wir aus der Menge heraus. Nach fünfzehn Minuten kam das kleine Boot zurück. Gleichzeitig erschien ein Rettungswagen auf dem Gelände. Der RTW war mit einem jungen Rettungssanitäter und einem Assistenten bestückt. Beide fühlten sich angesichts der schweren Handverletzung des Verunfallten überfordert. Die Ausbildung zum Rettungssanitäter ist in der Regel schon nach drei Monaten abgeschlossen. Litze, der eine dreizehn Semester dauernde medizinische Ausbildung durchlaufen hatte, nahm sich der Erstversorgung an. Gleichzeitig wurde der Rettungshubschrauber Christoph 42 angefordert.

Die linke Hand des Verunglückten, der Marco hieß, sah ziemlich zerstört aus. In der Bauchgegend blutete er zudem aus mehreren kleinen Wunden. Entsetzt schaute er immer wieder seine Hand an. Marco musste noch unter Schock stehen, da er keinen Schmerz zu verspüren schien. „Ich weiß nicht, wie das passieren konnte" berichtete der junge Mann. Langsam fing er an zu zittern. Seine mittellangen Haare standen in alle Richtungen ab. Sie waren schon fast getrocknet. „Die Holzhantel ist förmlich in meiner Hand explodiert."

Alle schauten ihn ungläubig und dachten sich ihren Teil. Dildo machte eine Geste, die andeuten sollte, dass Marco wohl zuviel ‚geraucht' hatte. Was sonst, denn wie kann eine massive Holzhantel explodieren? Eine schlüssige Erklärung für die Verletzung hatte er jedoch auch nicht.

Litze und ich schauten uns verstehend an. Wir hatten beide eine Kleinigkeit bemerkt, die den anderen nicht auffiel. Die Verletzung verlief, wenn man die Hantelstellung berücksichtigte, strahlenförmig von einem Punkt auf den Körper über.

Kein Zweifel. Wir hatten es hier mit einer Schussverletzung zu tun.

Mitten in das emsige Treiben der Ermittlungsteams, erreichten Stina Wallison zwei schlechte Nachrichten. Eine kam aus der Rechtsmedizin von Dr. Kevin Roche. Die erst siebzehnjährige Laura Oertler war tot in ihrem Elternhaus in Bad Schwartau aufgefunden worden. Gerade war sie erst wieder aufgetaucht, da war sie jetzt schon tot. Die Todesursache war eine Überdosis Chrystal Meth. Wallison war entsetzt und fühlte sich elendig.

Dazu kam die Nachricht von York, dass ein unbescholtener junger Mann, in Süsel, aus einem Hinterhalt angeschossen worden war. Dies war nicht ihre Baustelle, dennoch rätselhaft.

Die Ermittlungen in Sachen Wasserleichen schleppten sich mühsam dahin. Bisher hatte niemand etwas gehört oder gesehen. Offensichtlich tendierte das soziale Umfeld von Elvira Schätzing gegen Null. Es gab keinen Kontakt zu Eltern, sonstigen Verwandten, Freunden und Nachbarn. Selbst die Arbeitskollegen wussten nichts Brauchbares über sie zu berichten. „Wie einsam muss diese junge Frau gewesen sein?" Stina Wallison fröstelte es, bei zweiundzwanzig Grad. Die Ermittlungen im Fall Simone Quartz stockten ebenfalls. Die möglichen Veranstaltungsorte waren alle noch geschlossen. Da lief erst ab zwanzig Uhr wieder etwas.

Kommissarin Stina Wallison schaute auf die Trave hinaus. Mühselig starteten dort gerade zwei Schwäne aus dem Wasser in die Luft. „Ihr kommt wenigstens, wenn auch schwerfällig, langsam vorwärts. Wir treten dagegen auf der Stelle." Wallison beschloss, zusammen mit Detlef Schlumpberger, den Eltern von Laura Oertler einen Besuch abzustatten.

042

Unauffällig und mit entsprechendem Sicherheitsabstand verfolgte er den Wagen, wo seine Zielperson drinnen saß. Er verfluchte sich und sein zukünftiges Opfer. „Wieso hatte er seinen perfekten Plan so gefährdet" schallt er sich im Stillen. „Diese Aktion vorhin war unüberlegt und überhastet." Sein unbändiger Hass hatte ihn gelenkt. „Ich muss mich besser kontrollieren. Ich darf das hier nicht versauen. Das ist mein erklärtes Lebensziel"

Die vermeintlich günstige Gelegenheit endete in einer mittleren Katastrophe. Ein ungenauer Schuss und vor allem das falsche Ziel. Im entscheidenden Moment tränte sein lädiertes rechtes Auge. Keine zehn Prozent Sehkraft besaß er im rechten Auge. „Auch die Schuld von diesem Mistkerl." Somit ließ er sich durch die Farbengleichheit täuschen. Zum Glück hatte ihn niemand bemerkt.

Seine Chance würde kommen. Wahrscheinlich noch heute Nacht. Im Passathafen. Dort hatte er alles vorbereitet. „Dort wirst du mir nicht entwischen" frohlockte er. So gefühlvoll wie es mit seinem rechten Bein möglich war, beschleunigte er seinen dunkelblauen Audi A4, um den Anschluss nicht zu verlieren.

Bis auf das ich Stina und Claus über unsere Vermutung informierte, hielten Litze und ich uns bedeckt. Wir wollten keine unnötige Unruhe aufkommen lassen. Deshalb war die Stimmung im Fisch Hus ausgelassen.

Die Tische in dem kleinen Restaurant waren ausnahmslos besetzt. Einige dazukommende Gäste konnten sie deshalb nur, wenn überhaupt, auf einen anderen Zeitpunkt vertrösten. Die Stammkunden wussten um den Andrang und reservierten entsprechend. Frank reichte die Getränke. Nebenan hörten wir, da die Frau nicht gerade leise sprach, ein Paar in einer angespannten Diskussion. Sie war recht korpulent gebaut und er dagegen ein Stäbchen. Der zierliche Mann rutschte unruhig auf seinem Stuhl hin und her. „Hans Heinrich, du wirst nie wieder so jemanden wie mich finden" fauchte sie ihren Partner an.

Frank beugte sich zu uns herüber und flüsterte grinsend: „Genau das ist sein Plan!"

Die Frau musste ein super Gehör besitzen, denn ich konnte ihn gerade so eben verstehen und bin dabei nicht schwerhörig. „Das habe ich aber gehört, sie Flegel" keifte sie Frank laut an. Im Lokal erstarben die Gespräche. „Hast du das gehört, Bärchen?" echauffierte sie sich weiter.

Bärchen! Angesichts des zarten Mannes an ihrem Tisch, schmunzelten die meisten Gäste. Situationskomik pur. Hans Heinrich zuckte nur verständnislos mit seinen schmalen Schultern. Das brachte die Frau nur noch weiter in Rage. Sie taxierte Frank mit einem vernichtenden Blick. Ihr Mund verformte sich zu einer Revolvermündung und schoss in rasanter Geschwindigkeit mit scharfen Worten, unterhalb der Gürtellinie, in Richtung Frank. „Kümmern sie sich lieber um ihre Figur, anstatt sich wie ein Elefant im Porzellanladen zu bewegen !"

Boah – das saß.

Wer jetzt an eine Retourkutsche â la „Glashaus und Steine werfen" dachte, hörte sich getäuscht. „Gnädige Frau" begann Frank bedächtig. „Wir sind schon mal gar nicht in einem Porzellanladen, sondern in einem Fischrestaurant und wieso soll ich mir ein Sixpack zulegen, wenn ich ein fünf Literfass haben kann ?"

Das Lokal tobte vor Begeisterung. Der trockene Humor, mit denen die Gäste hier immer wieder überschüttet wurden, suchte seinesgleichen. Die Gespräche wurden allesamt wieder aufgenommen, wie ich empfand, alle ein wenig froher gestimmt. Nur am Nachbartisch herrschte eisiges Schweigen.

„Letztens im a.rosa habe ich doch tatsächlich gehört, wie eine Dame an der Rezeption ernsthaft fragte, ob es stimme, dass Haare nach dem Schwimmen im gechlorten Wasser nicht mehr wachsen" erzählte ich.

„Haha, aber das ist noch gar nichts" begann Odin. „Diese Geschichte ist verbrieft. Eine Bekannte von mir hat einen Typen kennen gelernt. Beide haben sich sofort ineinander verliebt. Schon am zweiten Tag beschließen sie zu heiraten. Am dritten Tag treffe ich sie wieder, da sagt sie zu mir: Du, der ruft immer noch an…" Schallendes Gelächter.

„Sagt bitte mal, wenn Stiftung Warentest Vibratoren testet, ist dann befriedigend besser als gut ?" fragte Dildo mit schelmischen Gesichtsausdruck. Die Stimmung stieg.

Frank servierte uns gerade die Fisch Hus Mixed Platte. „Ihr wisst was ein Paradoxon ist ? Also, in Zitronenlimonade darf auch künstliches Zitronenaroma enthalten sein. Zitronenreiniger muss dagegen immer echte Zitrone enthalten !"

„Wenn Katzen Pferde wären, könnte man an den Bäumen Hochreiten" warf Claus schmunzelnd ein.

Frank brachte die letzten beiden Teller. „Darf es noch ein Gläschen Weißwein sein ?"

Litze nickte. „Alkohol ist nicht die Antwort, aber man vergisst beim Saufen die Frage." Er schaute dabei den XO herausfordernd an. Armin grinste.

Die Tür vom Traveeingang öffnete sich und ein dunkel gekleideter Mann trat ein. Er sah sich nach einem freien Tisch um. Dabei stieß er ausversehen gegen ein Stuhlbein und entschuldigte sich höflich. Ich registrierte, dass er seinen rechten Fuß ein wenig steif bewegte. Wahrscheinlich behalf er sich eines Heidelberger Winkels, der dann eingesetzt wird, wenn der Fuß nicht mehr selbsttätig angehoben werden kann. Dadurch wird das Gangbild einigermaßen wiederhergestellt. Ein paar Bewegungen dieses Mannes erinnerten mich an irgendetwas. Ich warf einen genaueren Blick auf die Person, welche nun im Halbprofil zu mir stand, aber es stellte sich kein ‚Aha Effekt' ein. Der Mann fand keinen freien Platz vor und verließ das Restaurant, zur Vorderreihe hinaus.

„York" fing Claus an. „Was ist eigentlich, wenn der Anschlag in Süsel dir galt ? Du hattest zum verwechseln ähnliche Klamotten an."

Meine Narbe juckte, aber ich beruhigte den XO. „Du hast ein schwächeres Auge. Niemand anderes hätte mich mit dem Typen verwechselt." Litze und ich tauschten einen Blick aus. Wir hatten uns vorhin schon darauf verständigt, unsere Umgebung ein wenig kritischer zu beobachten.

„Wieso reibst du dann schon wieder an deiner Narbe ?" hakte er hartnäckig nach. „Du weißt, dass ist kein gutes Zeichen."

„Ach so. Das habe ich gar nicht bemerkt" spielte ich den Unschuldigen. Ich wusste allerdings wirklich nicht genau, wie lange ich schon unbewusst die Narbe massierte. „Wir befinden uns doch nicht im Krieg" versuchte ich Claus noch einmal abzulenken. Der machte gerade einen weiteren Anlauf.

Armin schaltete sich zum Glück dazwischen. „Die Wahrscheinlichkeit einer Kriegsgefahr steigt aber mit zunehmender Bevölkerungszahl. Wenn ich einmal die Religion und den Klimawandel mit seinen daraus resultierenden Folgen, wie Hungersnöte, Völkerwanderungen, etc. außer Acht lasse, dann gibt es noch genug weitere Problematiken, die eklatant übersehen werden. Viele schauen nur auf das knapper werdende Öl, aber Wasser ist ein ganz drängendes Problem und niemand hat Phosphor auf dem Zettel."

„Phosphor?" fragte ich erstaunt. „Ich weiß, dass die Nord- und Ostsee hier ein Problem hat. Nach dem zweiten Weltkrieg haben die Alliierten Unmengen von Kriegsmunition im Wasser versenkt. Gesicherte Erkenntnisse sprechen von sagenhaften eins Komma fünf Millionen Tonnen ! Allein in der deutschen Ostsee sind siebzehn verunreinigte Stellen in den Seekarten vermerkt. Darunter gibt es auch ein Phosphorproblem, verursacht durch weißen Phosphor aus Brandbomben. Fischer sind besonders gefährdet und zum Teil, davon will natürlich kein Tourismusmanager etwas wissen, auch Strandbesucher und Bernsteinsucher."

„Wie Bernsteinsucher? Verstehe ich nicht."

„Claus, ein Problem ist, das weißer Phosphor und Bernstein schwer zu unterscheiden sind. Die Bernsteinsucher stecken sich ihre Funde in Hosentaschen oder ähnliches. Wenn der Phosphor abtrocknet, dann entzündet sich der Phosphor durch die natürliche Sauerstoffzufuhr von selbst und fügt den Menschen schwerste Brandverletzungen zu. Im Westen von Usedom ist das ein gravierendes Problem. Im Schnitt gibt es dort jährlich einen Schwerverletzten. Ein übles Zeug. Du kannst den Phosphor auch nicht einfach mit der Hand abschlagen, da die Brandbomben mit einer Kautschukgelatine versetzt sind. Die zähflüssige Masse bleibt dann, an der bis dahin noch nicht brennenden Hand haften und wird so weiter verteilt. Als wirksamstes Löschmittel der eintausenddreihundert Grad heißen Flamme gilt feuchte Erde.

„Das ist die regional begrenzte Gefahr" beteiligte sich Armin wieder. „Phospate spielen eine wichtige Rolle in unserem Körper. Sie sind Bestandteil der DNS und ebenso an der Energieversorgung des Körpers beteiligt. Durch den gewaltigen Einsatz von phosphatreichen Pflanzendünger hat der Mensch erst die Bevölkerungsexplosion möglich gemacht und kann die Milliardenbevölkerung ernähren. Ohne diesen Einsatz würden die Ernten sehr viel knapper ausfallen. Das Problem hierbei ist die Endlichkeit des Elementes. Es lässt sich durch nichts ersetzen oder reproduzieren. Ein Fernsehfilm von Christiane Schwarz und Marcel Weingärtner hierzu, im letzten Monat auf dem Sender Arte, hat verdeutlicht, dass hierdurch die Preise für Düngemittel explodieren und dadurch die Getreideproduktion massiv verteuert werden. Unsere Lebensmittel werden zu einem Luxusgut und das Element Phosphor wird ungeheuerliche Begehrlichkeiten wecken. Existentielle Weltkriege sind nicht ausgeschlossen, wenn die Politik sowie die Industrie das jetzt nicht mit Nachdruck angeht."

„Den kürzesten Krieg gab es übrigens zwischen England und Sansibar im August achtzehnhundertsechsundneunzig. Nach achtunddreißig Minuten kapitulierte das Sultanat angesichts der aussichtslosen Lage" warf Odin ein.

„Ist doch mein Reden. Es gewinnen immer die, die am Entschlossensten agieren." Litze zog eine grimmige Miene.

Ich dachte über den Einwand meines XO nach, aber machte mir deswegen keinerlei Sorgen. Wer sollte eine tödliche Wut gegen mich oder meine Freunde haben. Es fiel mir niemand dazu ein, zumindest keine lebenden Personen. Am Nachmittag hatte ich Daniell Holter beauftragt, ein paar Infos aus dem world wide web auszugraben. Infos über Gerüchte oder Personen, rund um Lübeck-Travemünde, die in verdeckten Geldproblemen steckten. Wenn es ihm nötig erschien, dann auch über illegale Vernetzungen. Schließlich war ich nicht bei der Polizei, aber vielleicht fiel dabei ein Tipp für Stina ab. Da dachte ich ganz pragmatisch.

Nach den leckeren Fischfilets gönnten wir uns, bis auf Odin, alle noch einen Fischergeist. Danach brachen wir auf.

044

Die derzeitige Position war einfach zu unbequem. Sein rechtes Bein quittierte dies mit einem starken Kribbeln. Es fühlte sich taub an. Noch tauber als sonst, denn eine Folge des Desasters war, dass sein durchtrennter, fingerdicker Peronaeus Nerv, eine Lähmung der Muskeln bewirkte, welche die aktive Fuß- und Zehenhebung ermöglichten. Große Teile seines Unterschenkels und des Zehenbereiches waren hierdurch schmerzunempfindlich, da sie nicht mehr mit aktiven Nerven durchzogen waren.

Sein Gangbild korrigierte er mittels eines Heidelberger Winkels. Zu einem Sehnentransfer hatte er sich nach seinen zahlreichen Operationen nicht mehr durchringen können. Er wollte keine Zeit verlieren. Mit einem grimmigen Gesichtsausdruck stand er auf und versuchte die Durchblutung wieder in Gang zu bringen. Das einschießende Blut bereitete ihm nur ein leichtes Unbehagen. An Schmerzen war er gewöhnt.

Sein Gefühl sagte ihm, dass er sich kurz vor dem finalen Schuss befand. Mit Vergnügen projizierte er sich noch einmal das Bild aus dem Fischrestaurant vor Augen. Er hatte direkten Blickkontakt mit seinem Zielobjekt bekommen, aber keine Reaktion des Erkennens verspürt.

Illmer hatte ihn nicht erkannt!

Sein Gesichtschirurg in St. Petersburg musste eine tolle Arbeit geleistet haben, wenn auch er sich nie an das neue Gesicht gewöhnen würde. Dieser, wenn auch nur kurze Augenblick, barg ein gigantisches Glücksgefühl. Sein Körper schüttete in diesem, keine Sekunde währenden Moment, riesige Mengen an Adrenalin und Dopamin aus. Eine geistige Ejakulation.

Zu einer realen Ejakulation reichte es nicht mehr. Dies war ebenso ein Folgeschaden seiner verhängnisvollen Tragik.

Fast liebevoll betrachtete er in seiner Hand, eine drei Jahre alte Porträtaufnahme. Es zeigte einen gutaussehenden Mann im schwarzen Jacket, Weste, weißem Hemd und mit Fliege.

045

Zusammen mit ihrem Lübecker Kollegen Detlef Schlumpberger fuhr Stina Wallison nach Kücknitz. Dort wollten sie Lukas Mooredder aufsuchen. Im Laufe ihrer Ermittlungen fiel immer wieder dieser Name. Jetzt wollten sie dem jungen Mann einmal gründlich auf den Zahn fühlen.

Zuvor waren sie schon in Bad Schwartau bei den Eltern der verstorbenen Schülerin Laura Oertler. Es war ein deprimierender Besuch. Wallison hatte Mühe, ihr Schicksal nicht zu nahe an sich rankommen zu lassen.

Die Wohngegend war mehr als gutbürgerlich zu bezeichnen. Die Häuser durchweg gut in Schuss, die Gärten blühend und vor den Garagen standen teure Sportwagen. Ein roter Ferrari kam ihnen röhrend entgegen, ein silberner Audi R8 fuhr gerade von einem der Nachbargrundstücke. Offensichtlich eine Traumwelt. Doch wie so oft, trügt der Schein, wie in dem Fall Oertler.

Beide Eltern waren berufstätig, stark eingespannt und erfolgreich. Darüber hinaus hatten sie ihre einzige Tochter stark vernachlässigt. Materiell war Laura überkomplett ausstaffiert – nur für Zuwendung blieb keine Zeit. Ihre vermeintlichen gesellschaftlichen Verpflichtungen standen immer im Vordergrund. Nun zeigten sie sich entsetzt, dass ihre Tochter stark drogensüchtig war. Die Mutter bemerkte einen Gewichtsverlust bei ihrer Tochter, aber sie schob das auf eine Überforderung in der Schule. Das war vor vier Wochen.

Laut der Rechtsmedizin muss Laura Oertler schon ein Jahr lang sichtbar drogenabhängig gewesen sein. Stina Wallison schüttelte innerlich den Kopf, wie das unbemerkt bleiben konnte.

Jetzt hatte sie sich eine Überdosis verabreicht. Ihren erschütternden Abschiedsbrief hatte der Arzt unter ihrem Körper gefunden. Ihre Seele war zerstört, durch die Kälte im Haus und in der ‚Familie'. In den Drogen fand sie anfangs eine Zuflucht. Mit zunehmendem Konsum kehrte sich der Segen in einen Fluch um.

„Da häuften die Eltern Luxusgüter an, besaßen gewaltige finanziellen Mittel, um ein sorgenfreies Leben zu führen und vergaßen darüber ihr wirkliches Glück – ihre einzige Tochter. Dabei sehnte sich Laura nur nach ein wenig Liebe, welche sie in diesem Haus nicht finden konnte." Stina Wallsion machte so etwas wütend, zumal sich beide Eltern im Moment mehr um ihre gesellschaftliche Reputation sorgten. Okay, das war nicht ihre Baustelle.

Inzwischen parkten sie ihren Dienstwagen vor der Adresse von Lukas Mooredder. Laut den Oertlers kannte Laura Lukas auch. Da gab es für die Polizei mittlerweile genug Schnittstellen, welche einen Besuch erforderlich machten.

Sein Wagen stand unter dem Carport der kleinen, aber feinen Wohnanlage, was wohl bedeutete, dass sie nicht umsonst vor der Tür standen. „Das Auto, die Wohnung, das will alles bezahlt werden. Entweder sind seine Eltern vermögend oder der junge Mann verdient außerordentlich gut. Mit zwanzig konnte ich mir das nicht leisten" bemerkte Schlumpberger trocken. Auf der unteren der vier Klingeln stand das Kürzel L.M. Das passte. Er klingelte.

Er klingelte noch einmal. Nichts rührte sich.

Inzwischen lugte Stina Wallison durch eines der Fenster. Mooredder wohnte ebenerdig. Die Küche schien penibel aufgeräumt. Nichts Auffälliges. Sie ging zur Rückseite der Anlage. Hier erstreckten sich zwei schöne Terrassen. Beide waren mit edlem Bongossiholz ausgelegt. Darüber befand sich je ein großzügiger Balkon, eingerahmt mit massiven Edelstahlgeländern.

Wallisons Aufmerksamkeit erhöhte sich schlagartig. Es war nicht die Tatsache, dass die Terrassentür von Mooredder aufstand. Es war dem Umstand geschuldet, dass der Griff lose herunterhing. Sie informierte Schlumpberger. „Ich gehe rein."

Vorsichtig drückte sie die Tür weiter auf. Ihre Waffe lag entsichert in ihrer Hand. „Polizei ! Hallo – ist jemand im Haus ?" rief sie laut und deutlich.

Keine Antwort. Sie rief noch einmal. Niemand antwortete. Schlumpberger schloss zu ihr auf. Fragend blickte sie ihn an.

„Ich habe eine Streife vorne postiert. Die Kollegen kamen gerade vorbei. Von wegen, es ist keine Polizei da, wenn man sie braucht" flüsterte er grinsend. Gegenseitig sichernd, arbeiteten sie sich weiter in der Wohnung vor.

Im eigentlich aufgeräumten Wohnzimmer stand eine ungeöffnete Flasche Bier mit Bügelverschluss auf dem Tisch. Die nächste Zimmertür stand offen und gab den Blick auf ein leeres Bad frei. Die Küche war ebenfalls leer. Blieb nur noch der letzte Raum. Die weißlackierte Tür stand einen Spalt auf. Wallison linste hindurch.

Sie fröstelte. Eine Person lag auf dem Bett, die Augen starr nach oben gerichtet, zwischen den Augen ein Loch. Sie gab Schlumpberger ein Zeichen und mit einem Tritt stieß sie die Tür auf. Bis auf die Leiche im Bett war der Raum leer.

„Scheiße" sagte Schlumpberger.

Wallison forderte schon die Spurensicherung an. „Ich glaube wir können davon ausgehen, dass es sich hier um unseren Mann handelt" stellte sie fest, nachdem sie in der Brieftasche seinen Personalausweis fand. „Sieht nach einer professionellen Arbeit aus. Ich befürchte fast, dass unsere Jungs nicht viele brauchbare Spuren finden werden. Hast du mal eine Pinzette zur Hand?"

„Du weißt doch, ich habe immer das kleine Besteck dabei."

Vorsichtig zog sie an dem kleinen Stückchen hellen Papier, dass sich kaum sichtbar zwischen den Lippen von Lukas Mooredder befand. Die kleine Ecke wurde größer, breiter und länger. Schließlich entpuppte sich der kleine Fetzen als fünfhundert Euro Schein.

„Auha" staunte Schlumpberger.

„Da sind größere Mächte am Werkeln, Detlef. Wir haben es hier nicht nur mit Suizid und Kleindealern zu tun. Das ist die brutale Handschrift der OK. Dies war eine Auftragsarbeit."

„Vielleicht ein Territoriumskrieg. Da beseitigt jemand lästige Konkurrenz" warf Schlumpberger ein.

„Oder Zeugen" fiel Wallison dazu ein.

046

Ein wohliger Schauer rauschte durch seinen geschundenen Körper. Der große Moment stand unmittelbar bevor.

Wie lange hatte er hierauf gewartet. Eine Ewigkeit erschien es ihm, obwohl seit dem Desaster erst achtzehn Monate vergangen waren. Achtzehn lange Monate der Entbehrungen, Schmerzen und vor allem des Hasses. Der Hass war seine treibende Energiequelle. Jede Stunde, jede Minute, nein, jede Sekunde kannte sein Hass nur eine Zielvorgabe. Die Vernichtung von Jörg Illmer.

Dank seiner guten Kontakte ins Milieu, dank seiner Barreserven, dank seiner Ärzte in Osteuropa und dank seines kompromisslosen Strebens nach Vergeltung, sah er die Ziellinie jetzt direkt vor seinen Augen. Finale.

Mit dem Nachtsichtgerät beobachtete er, wie Illmer mit seinen drei Begleitern die Segelyacht ,o.li' bestieg. Ein freies Schussfeld auf ihn hatte er jedoch nicht. Irgendwie befand sich Illmer immer in einer Abdeckung. Sie begaben sich allesamt unter Deck. Das machte jedoch nichts. Bei dem Wetter war er sich sicher, dass sie sich noch im Cockpit zusammensetzen würden.

Er hörte sein Herz laut pochen. Normalerweise hätten sie schon im Cockpit Platz genommen. „Nicht das ihr heute euer abendliches Ritual ausfallen lasst" kamen ihm erste Zweifel.

Nach schier endlos währenden vier Minuten, kamen sie endlich wieder an Deck. Dankbar atmete er auf. Der aufkeimende Druck perlte, wie Wasser an einer nanoversiegelten Fläche, von ihm ab. Im offenen Cockpit ließen sie sich nieder und stellten eine Flasche mit vier Weingläsern auf den Tisch. „Sicher eine Flasche Rotwein" dachte er. Mittlerweile kannte er seine Gewohnheiten ziemlich gut. „Es wird dein Henkerstrunk, dein letzter Schluck auf dieser Welt. Genieße ihn nur" zischte er. Jetzt verfügte er über genügend Zeit für einen sicheren Schuss.

In stoischer Ruhe richtete er sein Gewehr aus. Genau konnte er die Konturen von den vier Personen erkennen. Die Namen waren ihm alle bekannt. Den kleinen drahtigen Claus Bolt machte er aus, den großen kantigen Litz König, den vorwitzigen Dino Hopf und vor allem sein erklärtes Feindbild, Jörg Illmer. Durch sein neues Zielfernrohr betrachtet, sahen sie alle ein wenig dicker aus, als im Original. Die Vergrößerung begeisterte ihn.

Leider drehte ihm Illmer noch seinen Rücken zu. Er würde warten können, denn er wollte ihn nicht nur einfach erschießen. Ein Kunstschuss mitten ins Herz sollte es sein. Seine Art der ,Liebeserklärung'. Dabei musste er unbedingt sein Gesicht sehen. Diesen Anblick des Verstehens, dass seine Zeit abgelaufen war. Das Entsetzen in den Gesichtern seiner Freunde. Wie oft hatte er sich das in seiner Fantasie ausgemalt. Immer und immer wieder. Die Videokamera würde alles aufzeichnen. Nur musste Illmer sich noch kurz ihm zuwenden. Zu ihm und der Kamera.

Ein leises Knarzen ließ ihn aufhorchen. Es klang wie ein Geräusch auf der Treppe zu seinem Versteck. „Sicher wieder so eine streunende Katze" beruhigte er sich. Unten am Gehweg hörte er zeitgleich Stimmen von einer kleinen Gruppe, die sich vom grünen Bitburger Schankwagen entfernte. Das Gespräch konnte er jedoch nicht verstehen.

Wieder knarzte es. Diesmal deutlicher. Kurz darauf vernahm er ein feines, minimales Kratzen an der Tür. Irritiert ließ er das Gewehr los. So konnte er nicht konzentriert arbeiten. Seine Handfeuerwaffe lag im Handschuhfach, aber eine Katze konnte er auch so verscheuchen. „Dafür ist eine Waffe sowieso nicht geeignet" dachte er und nahm einen dort lagernden Fender in die Hand, um damit die Katze zu vertreiben. Er schaltete seine Stirnlampe ein. Leise bewegte er sich zur Tür und horchte.

Nichts. Zur Sicherheit wollte er dennoch nachschauen. Mit einem Ruck riss er die Holztür auf - und erstarrte.

Das konnte nicht sein ! Seine Sinne spielten ihm einen verrückten Streich. Einen furchtbaren Streich !

Sein Lichtkegel erfasste Litz König - und Jörg Illmer.

Noch bevor er sich von der Überraschung erholt hatte, verspürte er eine gewaltige Explosion an seinem Kopf, welcher mit Schwung nach hinten flog. Sein Körper folgte ihm unmittelbar. Die Bewusstlosigkeit trat schon ein, bevor er den Boden berührte. „Treffer und versenkt" hörte ich Litze zufrieden sagen. „Wie schon erwähnt. Nur die Entschlossenen werden Gewinner sein. Der hat uns eindeutig bedroht."

Ich war mir da noch nicht so sicher, außer, dass ich in ihm sofort den Typen aus dem Fisch Hus wieder erkannte. Ich pfiff durch die Zähne. „Schau dir das an Litze. Das Gewehr und das Fernrohr ist eindeutig auf unsere ‚o.li' ausgerichtet. Wer ist dieser Kerl ? Ein Auftragskiller ? Nur warum ? Das macht alles keinen Sinn."

„Da haben deine Alarmglocken zuverlässig geklingelt. Gerade noch rechtzeitig." Er fesselte den Mann mit Kabelbindern und durchsuchte seine Taschen.

Obwohl keine sichtbare Gefahr mehr von irgendwoher ausging, juckte meine Narbe seit dem Besuch im Fisch Hus ständig. Dazu stellte sich ein warnendes Gefühl ein. Dann war da noch der undurchsichtige Vorfall beim Wasserski. Kurzerhand entschloss ich mich, eine geheime Telefonnummer anzurufen. Keine zwanzig Minuten später übergab mir ein Kontaktmann vier Schutzwesten aus Kevlar und eine mobile Wärmebildkamera der neuesten Generation. Das lief alles komplett wortlos ab.

Claus und Dildo sowie zwei, uns von der Statur her ähnliche Bekannte, begaben sich wie immer an Bord. Wir hatten sie entsprechend instruiert. Litze und ich, in dunkler Montur am Waldrand vom Steg H postiert, bestrichen mit der Kamera den Passathafen und suchten nach Auffälligkeiten.

Nicht geübt im Umgang mit einer solchen Technologie, konnten wir Anfangs keine Besonderheiten ausmachen. Auf drei Booten klarten noch ein paar Personen ihr Schiff auf. Jeden Mittwochabend trafen sich einige ambitionierte Regattasegler zur Trainingsregatta vor der Nordermole.

Wir gingen von der Annahme aus, dass gegebenenfalls ein geplanter Anschlag, wieder mit einem Gewehr erfolgen würde. Deshalb machten wir uns Gedanken über mögliche Schusswinkel und Standorte. Die ‚Passat' war einer der erwogenen Plätze. Allerdings kam man um diese Zeit nicht so ohne weiteres von Bord. Die Landseite erschien uns beiden als günstigste Wahl. Daher bestrichen wir in erster Linie die Strasse Am Priwallhafen. Litze entdeckte die Abormität als erster. Mit dem Tele zoomten wir den Ausschnitt weiter heran. Meines Wissens war das Haus unbewohnt und so beschlossen wir, der Sache auf den Grund zu gehen.

Jetzt pfiff Litze durch die Zähne. „Ich kann es kaum glauben, aber sieh dir einmal an, was ich gefunden habe."

Er reichte mir ein eingeschweißtes Bild. Darauf war kein Geringerer als Diego-Götz Fanfarone, der kriminelle Hauptkommissar, der vor knapp zwei Jahren, nach einer wilden Verfolgungsjagd durch Travemünde, bei einer Motorbootexplosion vor dem Skandinavienkai ums Leben kam.

Zumindest wurde er sechs Monate später für tot erklärt, denn seine Leiche wurde nie gefunden. „In welcher Beziehung stand der Typ wohl zu ihm, Litze?"

„Wenn ich genau schaue, dann ist das hier Frankensteins Bruder. Besser gemacht, aber sein Gesicht ist nicht sein wahres Gesicht, York."

Ein Schauer durchlief mich und meine Gesichtsnarbe juckte entsetzlich. Ich wählte Stinas Nummer an.

047

POK Wallison besprach mit ihrem Kollegen Schlumpberger die Situation und beobachtete nebenher die akribische Arbeitsweise der Spurensicherung, als ihr Telefon klingelte. Sie nahm das Gespräch an und stellte erstaunt fest, dass die Presse ihre Diensthandynummer besaß. Kühl erstickte sie das Gespräch, mit dem Hinweis auf Laufende Ermittlungen, im Keim. „Als wenn wir nicht schon genug Arbeit hätten. Jetzt ruft die Presse schon auf meinem Diensthandy an" beschwerte sie sich bei Schlumpberger. „Dafür ist die Pressestelle zuständig. Der Innensenator hat mir heute auch schon seine Unterstützung zugesagt, was nichts anderes heißt, als dass ich meinen Arsch in Bewegung halten soll. Wir brauchen dringend Ergebnisse, Detlef. Die Offiziellen werden immer dünnhäutiger und üben auf uns unterbesetzten Stellen Druck aus, obwohl erst wenige Zeit vergangen ist. Erst kürzen sie Personal und das Budget, aber verlangen dann Wunder, wenn das Kind in den Brunnen gefallen ist."

„Das einzige Bestreben der Politiker ist doch nur, sich ihren Arsch zu vergolden und mittels lamentieren, alle Probleme auszusitzen. Politik ist doch gut bezahlte Märchenstunde, für Erwachsene"

„Interessante Ausführungen zu politischen Bestrebungen und der daraus resultierenden Unterdrückung der Schwachen, gab es schon im Frühen fünfzehnten Jahrhundert von Machiavelli" fiel Wallison dazu ein. „Dem Sinn nach ist alles ein ewiger Kampf um die Macht. Die Starken bleiben nur stark, wenn sie die Schwachen schwach halten oder gar vernichten. Im Namen der Staatsraison heiligt der Zweck jegliche Mittel, wie Intrigen, Lügen, Gewalt und jede andere politische Schurkerei – so wie es auch heute noch an der Tagesordnung ist. Politik hat nichts mit Gott und Moral zu tun…"

„Auweia. Ich wusste gar nicht, dass du so kritisch bist." Detlef war sichtlich beeindruckt.

„Wie auch immer" lenkte sie das Gespräch zurück zum Fall. „Wir können jedenfalls nicht zaubern und die selbst schon gar nicht, allerdings haben sich die Ereignisse in den letzten sechsunddreißig Stunden auch stark beschleunigt. Lübeck-Travemünde ist doch nicht Frankfurt – oder doch ?"

In diesem Moment kam PHK Karat in die Wohnung. Inzwischen war das Opfer im Leichensack verstaut. „Öffnen sie den Leichensack" verfügte er kurz angebunden. Ein Beamter zog am Reißverschluss, sodass der Kopf sichtbar wurde. Im gleichen Moment erblasste Karat.

Wallison bemerkte es. „Was ist los Holger ? Ist dir nicht gut oder kanntest du den Mann ?"

128

Nach einer kurzen Stille wiegelte er ab. „Nein – ist schon wieder gut. Ich habe mittags wohl zuviel gegessen." In seinem Kopf schwirrte es. „Was geht hier ab?" fragte er sich. Es war sein Dealer.

Ehe Wallison nachhaken konnte, klingelte ihr Telefon erneut. „York, wir sind hier mitten in einer Tatortbegehung." Beruhigt stellte sie fest, dass ihre Stimme diesmal nicht unfreundlich klang.

„Ich weiß das du im Stress bist, Stina. Es tut mir auch leid, aber wir haben hier einen ganz seltsamen Bonbon für euch, um es salopp auszudrücken."

Stina Wallison hörte gebannt zu. „Wir sind hier in Kücknitz sowieso gerade fertig. Wir sind in zwanzig Minuten da. Bis gleich." Sie wandte sich an Schlumpberger. „Tut mir leid. Es gibt noch keinen Feierabend. Wir müssen noch schnell zum Priwallhafen. Dort sollte ein Attentat verübt werden. Näheres im Auto."

„Ich komme mit" entschied PHK Karat.

048

Der blonde Mann war inzwischen wieder bei Bewusstsein. Vollen Hass blickte er uns an. Vor allem mich. Wir hatten versucht ihm Antworten zu entlocken, aber bisher schwieg er eisern.

Stina erschien mit großem Gefolge. Zwei Polizisten übernahmen den gefesselten Attentäter und verfrachteten ihn im Streifenwagen. „Das komplette erkennungsdienstliche Programm durchziehen" ordnete sie an. Das beinhaltete das Anfertigen von Lichtbildern, Abnahme der Fingerabdrücke, Gebissbefunde, Röntgenaufnahmen, Blut-, Haut- und Speicheluntersuchungen.

Danach kam sie auf mich zu und nahm mich stumm in den Arm. Karat und Schlumpberger untersuchten unterdessen das Gewehr.

„Wie gerne würde ich heute in deinen starken Armen einschlafen, York. Daraus wird leider nichts. Wir müssen noch ins Dezernat und die Spuren auswerten. Es wird sehr spät werden" bedauerte sie.

Ich gab ihr einen Kuss auf die Stirn.

049

Nachdem der ‚Verrückte' abgeführt und die Formalitäten abgewickelt waren, begaben wir uns erleichtert, aber mit einem Schuss Traurigkeit an Bord der ‚o.li', wo die Freunde bereits auf uns warteten.

„Auf diesen Schreck habe ich uns schon einen ordentlichen Drink vorbereitet" empfing uns mein XO, sichtlich erleichtert. Gerne nahmen wir den Drink, einen erfrischenden einundzwanzigjährigen Glenfarcas Single Malt, welcher Noten von Honig, Malz, Gewürzen und Früchten aufwies.

„Der tut richtig gut" meldete sich Litze zu Wort.

„Allein das Motiv kann ich mir immer noch nicht erklären.
130

Was hat den Mann angetrieben? Dieser unbändige Hass ist erschreckend. Hoffentlich war er ein Einzelkämpfer." Ich nippte nachdenklich an meinem zweiten Glas Malt Whisky.

„Mache dir nicht zu viele Gedanken. Es gibt Arschlöcher auf dem Planeten, da braucht es mehrere Mittelfinger" äußerte Litze und schenkte allen nach. Dennoch, um so eine Grenze zu überschreiten, musst du handfeste Gründe haben."

„Genug für heute" gab ich als Parole aus. „Konzentrieren wir uns auf unser trotzdem schönes Leben. Wir können gar nicht hoch genug würdigen, dass wir temporär und geographisch in einer fantastischen Welt leben."

„Kommt darauf an" beteiligte sich Dildo am Gespräch. „York, du kennst das Sprichwort. Glück im Spiel, Pech in der Liebe."

„Ach was" protestierte Claus. „Hast du Glück im Spiel, dann hast du Geld für die Liebe. So wird ein Schuh daraus. Du hast jedoch recht" wandte er sich an mich "das Leben ist wundervoll."

„Neben dem Wunder des Lebens an sich, summieren sich erstaunliche Werte im Laufe eines durchschnittlichen Daseins." Die Jungs schauten mich fragend an. „Alltägliche Handlungen addieren sich zu einer eindrucksvollen Bilanz. Statistiker haben ausgerechnet, was ein durchschnittlicher Germane in siebzig Lebensjahren so alles macht. 177 Tage lang wird geduscht oder gebadet, 53 Tage werden Zähne geputzt und insgesamt fünf Jahre nehmen wir Nahrung zu uns. Wahre Zeitfresser unserer Generation sind rote Ampeln. 69 Tage warten Fußgänger und 38 Tage Autofahrer davor. Dildo einmal davon ausgenommen. Bei seiner Fahrweise unterschreitet er sicher die 20 Tagemarke."

„Keine 15 Tage, bitte" warf Dildo grölend ein.

„Im Auto sitzt der durchschnittliche Deutsche sagenhafte

zweieinhalb Jahre, davon steht er sechs Monate im Stau. Das Tanken schlägt mit 25 Tagen zu buche. Um den eigenen Haushalt sauber zu halten, werden im Schnitt 16 Monate benötigt, wovon für das Staubsaugen pro Jahr 22 Stunden angesetzt werden. Die Wegstrecke dazu beträgt 21 Kilometer. Über 24 Jahre verschläft jeder, wobei die beinahe sechs Jahre vor dem Fernseher nicht mit eingerechnet sind. Dagegen küssen die Deutschen nur zwei Wochen..."

„Die Statistik lügt" protestierte Dildo. „Gefühlt erreiche ich das innerhalb eines halben Jahres. Oft sicher schon nach drei Monaten." Er freute sich diebisch. „Mein Vorspiel verbraucht für sich genommen mindestens zwei Jahre."

„Wenn du dich da mal nicht täuscht. Die Statistiker geben hierfür nur sechs Wochen an. Hoffentlich verbrauchst du dich infolgedessen nicht schneller" foppte ich ihn. „Nichts ist bleibend. Weder die Liebe noch das Dasein. Es ist alles nur eine Frage der Zeit. Es wandeln sich die Sanddünen, sogar die scheinbar massiven Berge, das Wasser, die Kontinente. Selbst die Erde oder unsere Galaxie ist flüchtig. Alles ist der Veränderung oder Erneuerung unterworfen. Deshalb versuche ich, so bewusst wie möglich das Leben aufzusaugen und den Augenblick zu genießen."

„Auf das Leben, ein hohes und aktives Alter" brachte Claus einen Toast aus.

„Der argentinische Formel-1-Weltmeister Fangio hat einmal gesagt, dass eines der besten Mittel gegen das Altwerden, das Dösen am Steuer eines fahrenden Autos ist."

„Jetzt reicht es aber mit den schwermütigen Themen." Dildo leerte sein Glas in einem Zug. „Kennt ihr den Blondinenwitz mit dem Bauchredner schon?" Er wartete gar nicht erst unsere Antwort ab:
„Ein Bauchredner tritt mit seiner Show vor einer Gruppe Blondinen auf und erzählt natürlich ein paar Blondinenwitze. Nach zehn Minuten springt eine der Blondinen auf und brüllt:

„Hey, Du Saubacke da vorne, was erzählst du da die ganze Zeit für idiotische Geschichten über blonde Frauen. Wir sind überhaupt nicht so blöd wie du behauptest!"
„Beruhigen sie sich bitte, das sind doch alles nur Witze" *entgegnet der Bauchredner.*
Regt sich die Blondine auf: „Ich spreche gar nicht mit ihnen. Ich spreche mit dem kleinen Drecksack, der auf ihrem Knie sitzt."
Da war er wieder, unser Dildo, wie er leibt und lebt. In jeder Situation mit einem Witz oder flotten Spruch dabei, was bei Außenstehenden allerdings nicht immer auf Humor stieß. Umso mehr wussten wir das zu schätzen.

„Der hier ist auch noch klasse" kam er nun in Fahrt:
„Ein Raucher, ein Trinker und ein Schwuler gehen zum Hausarzt. Die Diagnose ist für sie verheerend. Der Trinker darf nichts Hochprozentiges mehr trinken, der Raucher auf keinen Fall mehr rauchen und der Schwule muss auf Analverkehr verzichten, andernfalls werden sie sterben. Alle drei verlassen niedergeschmettert die Praxis und gehen einen Fußweg entlang. Da findet der Trinker einen halbvollen Flachmann, hebt ihn auf und trinkt den Inhalt aus. Danach fällt er tot um. Die beiden anderen gehen weiter. Da sieht der Raucher eine Kippe auf dem Weg liegen. Sagt der Schwule: „Bück dich bloß nicht, sonst sterben wir beide."

Innerhalb kürzester Zeit vertrieb Dildo die nebulösen Schleier der Nachdenklichkeit und lockerte die anfänglich grüblerische Stimmung rasch auf.

Litze schenkte noch eine Runde nach.

050

Die erkennungsdienstlichen Maßnahmen führten zu einem überraschenden Ergebnis. Wie ein Donnerschlag schlug die Nachricht in der Lübecker Polizeilandschaft ein und verbreitete sich schneller als ein Flächenbrand. Die Medien bekamen, woher auch immer, so rasch davon Wind, dass schon in der Morgenausgabe einiger Zeitungen, in umfangreicher Aufmachung darüber berichtet wurde:

TOTER KOMMISSAR ALS RACHEENGEL UNTERWEGS stand in einer stadtbekannten Lübecker Tageszeitung. Das war keine gute Public Relation für die hiesige Polizei. Dementsprechend aufgescheucht zeigten sich die verantwortlichen Kräfte im Präsidium und natürlich meldeten sich die Politiker aller Oppositionsfraktionen. Die kommunalen Wahlen fanden zwar schon vor zehn Tagen statt, aber die Bundestagswahl stand im September an. Ein gefundenes Fressen für profilierungssüchtige Neurotiker. So kam es denn auch.

Erst der Abgleich der Speichelprobe brachte letzte Sicherheit, denn die Fingerabdrücke waren nicht brauchbar. Die Fingerkuppen wiesen allesamt so starke Brandverletzungen auf, dass eine Identifizierung hierüber nicht möglich war. Selbst Wallison und Schlumpberger, die eine Zeit lang eng mit ihm zusammengearbeitet hatten, erkannten den Mann nicht von Angesicht zu Angesicht.

Der für tot erklärte Diego-Götz Fanfarone, war wie ein Phantom aus dem Nichts wieder aufgetaucht. Nach der Detonation des Motorbootes, im Spätsommer zweitausendundelf, wurde seine Leiche nie gefunden, aber alle Experten waren sich einig, dass dieses Inferno niemand überleben konnte.

Offensichtlich irrten die Experten.

Sofort eingesetzte Taucher bargen nach der Explosion Einzelteile der Jacht sowie Überreste, eines völlig zerfetzten Schwans. Viele mehr wurde nicht gefunden. Man ging davon aus, dass die gewaltige Explosion einiges pulverisiert und das anschließende Feuer den Rest in Rauch aufgelöst, beziehungsweise die Strömung Spuren beseitigt hatte. Wie ein Mensch, in diesem Fall der PHK Fanfarone, mit offensichtlich schweren Verletzungen, dieser Hölle entkommen konnte, war allen ein Rätsel und sollte es auch für immer bleiben. Noch in der gleichen Nacht wählte er in seiner Zelle, den qualvollen Tod durch Zyankali, welches in einem seiner falschen Zähne verkapselt war.

Das war Stoff nach denen die Medien gierten. Entsprechend schlachteten sie die unverhoffte Story aus. Soweit Wallison es mitbekam, zeigten die ersten Filmproduzenten Interesse. Dies war eine Story, wie es sich Drehbuchschreiber nicht besser hätten einfallen lassen können.

Für das MD.1 bedeutete diese Situation, dass ihre ohnehin schwierige Arbeit, noch schwieriger gemacht wurde und sie Gefahr liefen, die erforderliche Konzentration auf die Ermittlungen der anderen Fälle, aus den Augen zu verlieren. Seit dem Hubschrauberabsturz in der Lübecker Bucht, im Dezember letzten Jahres, wobei zwei Menschen ums Leben kamen, standen sie nicht mehr so unter Druck. Diesmal war die Situation sehr viel prekärer.

Deshalb appellierte POK Wallison eindringlich an ihre Kolegen. „Wir dürfen uns durch dieses gesteigerte Medieninteresse nicht aus dem Konzept bringen lasse. Wir müssen unbedingt versuchen, unsere Ermittlungsansätze weiter zu verifizieren und uns ein Gesamtbild verschaffen, entgegen Ockhams Rasiermesser Theorie. Wir arbeiten nicht nach dem Prinzip der Sparsamkeit, sondern nach dem Prinzip der Vielfalt. Ich meine, dass hier die vielen kleinen Details zu einem Puzzle zusammengesetzt werden müssen. Nur dann haben wir die Chance, den Sumpf trocken zu legen. Wie sieht es mit der Auswertung von Lukas Mooredders Handy aus ?"

„Wir kommen da noch nicht so weiter. Die Telefongesellschaft arbeitet bisher sehr schleppend. Sie begründen dies mit Personalmangel" vermeldete Schlumpberger skeptisch.

Stina Wallisons Handy klingelte. Auf ihrem Display leuchtete ein Smiley auf. York.

051

Es brummte und brummte.

Benommen versuchte ich das Brummen einzuordnen. Da sich an Bord der ,o.li' kein Generator befand und mein Handy still am Ladekabel hing, konnte es nur mein Schädel sein.

Er war es tatsächlich. Schwach erinnerte ich mich, dass wir noch die anderen drei Malt's aus der Bordbar überprüft hatten. Einer der leckeren Malt's musste eine fehlerhafte Abfüllung gewesen sein. Die Kopfschmerzen waren die Quittung. Vage wusste ich noch, dass wir gegen vier in die Koje wankten. Wir hatten uns noch darüber amüsiert, dass das Wasser wohl so unruhig sein musste, denn Wind war keiner angesagt.

Heute Morgen setzte sich die Erkenntnis durch, dass allein der Freund Alkohol die Ursache sein konnte. Mindestens eine gute Seite konnte ich dem Rausch abgewinnen. Das Gespenst, in Form des Attentäters, gab es nicht mehr.

Claus erschien schwankend im Salon. „Das ist nichts mehr für mich" schimpfte er. „Litze ist kein Umgang für mich. Was für eine Bilanz. Zwei Abende mit ihm und ich bin morgens zweimal tot."

„Sieh es einfach positiv. Es ist immer noch besser, als richtig tot" versuchte ich ihn zu beruhigen.

„York, ich dachte eben schon, du hast einen Heiligenschein, aber das lag wohl daran, dass ich mit dem Kopf gegen eine LED gestoßen bin."

„Morgen Männer." Augenscheinlich bestens in Form stand Litze nun auch im Salon. „Was stellen wir heute Abend an? Lasst uns gleich einmal einen Plan machen."

Claus verdrehte die Augen. Zum Glück klingelte mein Handy, sodass wir der Planung vorerst aus dem Weg gehen konnten. Einen erneuten Getränketest wollte ich unbedingt aus dem Wege gehen. Beim vierten Klingeln nahm ich ab. Am Apparat meldete sich Daniell Holter, das einundzwanzigjährige Computergenie. Zwischen uns bestand eine besondere Verbindung. Nachdem sein Bein zweitausendzehn, durch einen tragischen Unglücksfall, amputiert wurde, fand er, mit dezenter Hilfe einer italienischen Stiftung, einen Computerjob bei der Bremer Kriminalpolizei. Von Zeit zu Zeit erwies er mir einen kleinen Gefallen. Oft bewegte sich Daniell hierbei unerkannt in einer sehr dunkelgrauen Zone.

„Ich habe ein paar spannende Sachen ausgegraben, York."

„Okay, schieß los" ermunterte ich ihn.

„Die heißeste Geschichte rankt um eine bekannte Lübecker Persönlichkeit. Kein geringerer als der, ach so tolle Jürgen Makak" konnte er sich einen kleinen Seitenhieb nicht verkneifen. „Der Typ hat riesige finanzielle Löcher zu stopfen. Seine Schüttgutfrachter fahren, wie so viele in diesem schwer gebeutelten Geschäftszweig, schon lange nur noch Verluste ein. Reserven kann Makak nicht mehr vorweisen. Sein Bankenspielraum ist restlos erschöpft. Das Firmenimperium ist ein einziges, marodes Gerüst. Da gibt es nur heiße Luft. Apropos heiß, da gibt es jetzt eine Cappumaschine mit Memoryfunktion. Du legst einfach nur die Hand auf den Scanner der Maschine und die erkennt, wer du bist. Sie brüht den Cappuccino laut deinen Vorlieben. Ist das nichts für dich und deine Leute ?"

„Zumindest wäre jetzt ein Cappu genau das Richtige für mich" gab ich zurück.

„Reizvoll ist auch die Studie über die Annahme, dass bis zweitausendvierzig, fünfundsiebzig Prozent selbst fahrende Autos den Verkehr bestimmen. Das wird Normalität sein in unserer Welt. Infrastruktur und die Mentalität wird sich sehr wahrscheinlich ändern, auch im Hinblick auf Führerschein und Verkehrszeichen. Ampeln werden nicht mehr benötigt. Dies übernehmen modernste Sicherheitsvorkehrungen, die alle miteinander kommunizieren. Das wird klasse für mich. So kann ich individuell viel entspannter am Verkehr teilhaben und dabei noch im Netz surfen" schwärmte Daniell. „In Nevada/USA gibt es schon ein Gesetz, dass den Betrieb von selbst fahrenden Autos erlaubt. In Kalifornien soll es demnächst auch verabschiedet werden. Google treibt das Projekt stark an."

Wir telefonierten selten miteinander, aber ich hatte seine erfreuliche Entwicklung stets im Auge. Mir lag etwas an ihm und ich versuchte ihn so diskret wie möglich zu fördern. „Gab es sonst noch irgendetwas Bemerkenswertes in diesem Zusammenhang ?"

„Ich habe einfach mal seine Handykontakte durch das Netz gefiltert. Am erstaunlichsten ist eine Verbindung zu Lukas Mooredder. Das ist doch der Jungdealer, der in Kücknitz erschossen aufgefunden wurde. Was hat ein Kleindealer mit so einer Gesellschaftsgröße zu tun ?"

„Das ist zumindest eine weitere Überprüfung wert. Du weißt doch auch, dass die gesellschaftliche Stellung nicht für eine reine Weste bürgt. Ich danke dir, Daniell." In meinem darauffolgenden, kurzen Telefongespräch, übermittelte ich Stina diese Informationen. In der Zwischenzeit schien das Asperin seine Wirkung zu entfalten. Die Kopfschmerzen verflüchtigten sich, damit brauchte ich meine Tagesplanung nicht umstellen. „Möchte noch jemand mit nach Lübeck? Ich will zu meinem Friseur."

„Du meinst diesen halbblinden Tattergreis? Ich wusste gar nicht, dass der noch lebt. Der schneidet doch nur nach Gehör und richtig hören kann der sicher auch nicht mehr" belustigte sich Litze. „Du brauchst einmal einen richtigen Haarschnitt und nicht so einen Freakschnitt. Gibt es bei dem eigentlich Geld dazu? Ich kenne ansonsten einen guten Anwalt" versicherte er mir.

Im Licht betrachtet hatte Litze natürlich nicht Unrecht, allerdings war ich mit seiner Arbeit zufrieden. Er schnitt nur die Spitzen ein wenig nach und das machte der alte Mann ordentlich. Wir sprachen nie weiter miteinander, außer dass ich „Wie immer, bitte" sagte. Einen Termin brauchte es bei ihm nicht, denn ich hatte noch nie einen Kunden in dem Laden gesehen. Immerhin setzte ich mich seit zweitausendzehn regelmäßig seiner Schere aus. Das ich ihn für diese Arbeit immer mit zweihundert Euro entlohnte, behielt ich diskret für mich. Ich sah es mehr als eine kleine indirekte Unterstützung an. Ohne Gegenleistung hätte dieser stolze alte Mann kein Geschenk angenommen, auch wenn er es bitter nötig hatte. Er nickt dann immer nur unmerklich und stumm.

Wir verstanden uns auch so.

052

Mit Hilfe der ‚Mary' setzte ich über die Trave, vom Priwallhafen zum Leuchtenfeld. Auf der LYC Terrasse, des Marina Restaurants, bestellte ich mir einen Cappuccino, um die Lebensgeister weiter zu beflügeln. Hier hielt sich der Betrieb noch in Grenzen, sodass ich meinen Gedanken ein wenig nachhängen konnte.

Stina beging am fünften Juli ihren vierzigsten Geburtstag und ich hatte ihr vorgeschlagen, mich um die Organisation zu kümmern. Da gab es noch einiges an Vorbereitungen. Des Weiteren stand am übernächsten Montag, der Startschuss zu einem erweiterten Seebadkonzept an, dem ich, in der Eigenschaft eines strategischen Beraters, zur Seite stand. Bis zum Wochenende wies mein Terminkalender allerdings keine dringenden Termine auf, sodass ich spontan auf Eingebungen reagieren konnte. Mein privates Projekt, ein hochwertiger A3-Wandkalender für zweitausendvierzehn, mit herrlichen Travemünder Impressionen, war bereits fertig und in trockenen Tüchern. Der Verkaufsstart sollte im Juli beginnen.

„Na, so in Gedanken, York?"

Ich blickte hoch. Jürgen. Ich hatte ihn gar nicht kommen sehen. „Jedenfalls keine düsteren Gedanken. Ich sortiere gerade meine Termine und der Cappuccino bringt mich in Schwung." Im Hintergrund, an der Überseebrücke 1, lag seine Segelyacht vertäut.

„Dann störe ich gerne und nehme auch einen. Am Nachmittag bekomme ich noch drei Gäste und wir segeln für drei Tage ein kleines Dreieck. Kühlungsborn und Fehmarn." Jürgen bot seinen Mitreisenden eine außergewöhnliche Segelyacht Charter an. Als kompetenter Skipper, auf seiner fünfzig Fuß Hochseeyacht ‚Blue Marlin', unternahm er mit seinen Gästen Kurz- oder Langtörns, zu den schönsten Plätzen des ganzen Ostseeraums. Dazu kochte er bei Bedarf an Bord leckere Gerichte und garnierte diese mit kurzweiligen Geschichten aus seinem reichhaltigen Fundus. „Ich habe gehört, dass du Regattaambitionen hegst?"

„Ich?" fragte ich erstaunt. „Wer erzählt so einen Schwachsinn. Mein Schwerpunkt beim Segeln liegt überwiegend in der Meditation. Ich liebe es, mich frei mit Hilfe von Naturkräften in der Natur zu bewegen, die elementaren Eindrücke aufzusaugen, ohne künstlichen Druck, beziehungsweise weiteren starren Regeln. Davon gibt es schon genug im Leben"

„Gewundert habe ich mich auch schon."

„Ich finde es okay für die, die es mögen. Am lustigsten finde ich die Geschichten am Rande von Regatten, was die Skipper alles unternehmen, um sich einen Vorteil zu verschaffen. Da wird dann schon einmal kurzerhand der Anker im Hafen versenkt. Im letzten Monat erlebte ich folgende Anekdote:
Nach der Seeregatta frage ich A wie es gelaufen war.
A: „Super gelaufen. Ganz vorne dabei, aber das Wichtigste war, B + C sind hinter mir."
Eine Stunde später treffe ich B. „Wie war es?"
B: „Einfach toll gesegelt, aber das Wichtigste, ich habe A + C hinter mir gelassen..."
„Da traute ich mich gar nicht mehr C zu fragen, wie es gelaufen ist."

„Ha, ha" lachte Jürgen „ja so sind sie, York, aber das macht solche Veranstaltungen doch auch sympathisch." Tiefe Bässe dröhnten von der Tornadowiese herüber. Irritiert schaute er sich nach der Quelle um.

„Keine Bange, das ist lokaler Hiphop von den Travemünder Assis, mit ihrem Song ‚Wrumm Wrumm'. Da gibt es auch ein nettes Musikvideo auf YouTube, welches die Jungs auf der

Travemünder Seepromenade produziert haben. Schaue ruhig einmal zur Bühne. Sehr sympathisch. Ich für meinen Teil werde mich jetzt nach Lübeck verabschieden. Mein Friseur ruft."

Jürgen grinste nur.

053

Auf dem Revier der WaschPo Travemünde herrschte emsiges Treiben. Der Druck, seitens der Vorgesetzten, der Presse und mittlerweile auch der heimischen Wirtschaft, stieg Stunde um Stunde. Alle fürchteten um ihre Pfründe, wenn auch aus den unterschiedlichsten Gründen.

Wallison und Schlumpberger werteten gemeinsam die Recherchen aus, vor allem aus dem Blickwinkel der brandheißen Information von York. „Wie kommst du nur an diese Informationen ran ?" Detlef Schlumpberger blickte Stina fragend an.

„Detlef, ich kann meine Quelle nicht preisgeben. Lassen wir es bitte einfach dabei, dass es so ist" wich Wallison aus.

Er runzelte nachdenklich die Stirn. „So finden wir aber keinen Richter, der uns einen Durchsuchungsbeschluss ausstellt. Schon gar nicht bei einem Kaliber, wie Jürgen Makak."

„Wir sollten ihm daher auch erst einen höflichen Besuch abstatten und ihm nebenbei kräftig auf den Zahn fühlen. Vielleicht stoßen wir so auf etwas."

„Das riecht förmlich nach Ärger" warnte Schlumpberger.

„Den haben wir auch so. **Wenn nicht durch ihn, dann stehen da schon gewisse Herren in der Schlange, um uns gehörig Feuer unter dem Hintern zu machen" erwiderte Wallison. Ihr Telefon klingelte. „Ich nehme das auf meine Kappe, wenn du keinen Arsch in der Hose hast" sprach sie mit kühler und fester Stimme in das Telefon.**

Schlumpbergers Augen ruhten verdutzt auf seiner Kollegin.

„Okay, aber warte unbedingt auf uns." Stina Wallison beendete das Gespräch und gab ihm ein Zeichen. „Komm, wir müssen nach Lübeck. Das war Karat. Wir treffen uns mit ihm in der Roeckstraße und besuchen diesen Makak gemeinsam." Sie schnappte sich ihre Jacke und den Schlüssel des Dienstwagens.

Detlef Schlumpberger schlürfte noch schnell einen Schluck aus seiner Kaffeetasse und hetzte seiner Kollegin hinterher, die bereits die Wagentür schloss und den Wagen startete.

054

Fünfzehn Minuten später traf PHK Karat vor dem imposanten Haus des Reeders Makat ein. Sein Dienstwagen, ein Opel Astra, nahm sich kleinlich aus, neben dem imposanten Bentley Mullsanne und dem feuerroten Ferrari F430. Unauffällig beäugte er die beiden Wagen und deren eleganten Linien. Neid keimte in Karat auf. Von solchen Luxuskarossen konnte er nur träumen. Mit seinem Gehalt reichte es gerade zu einem gebrauchten Volvo V50. Er benötigte sein Geld für andere Dinge.

Ärgerlich studierte er sein Gesicht in dem Rückspiegel. Mit seinem schmalen Lippenbärtchen war er nicht ganz zufrieden. Das korrigierte Karat mittels einer Nagelschere, welche er immer in der Mittelkonsole mitführte. Auf sein äußeres Erscheinungsbild ließ er nichts kommen. Kurz warf er einen Blick auf die Armbanduhr. Die Kollegen mussten gleich erscheinen. Er warf noch einen letzten prüfenden Blick in den Spiegel und war nun zufrieden, mit dem was er sah.

Karat befand sich im Zwiespalt. Einerseits wollte er seine Karriere nicht durch eine unüberlegte Aktion vermasseln, andererseits behagte ihm auch nicht, das Wallison vielleicht einen Glückstreffer landete und ihm das Rampenlicht stahl. Er wollte Kontrolle über die wichtigsten Aktionen im MD.1, auch wenn Wallison ihm zur Seite gestellt war. Außerdem musste er ein Auge auf den Verlauf behalten, denn eine Verbindung in diesem Fall, welche von Lukas Morredder zu ihm führte, musste er auf alle Fälle vermeiden.

Ein Schussgeräusch holte ihn aus seiner Gedankenwelt zurück in die Gegenwart. Laien mochten dies für eine Fehlzündung eines Mopeds halten, doch er wusste es besser. Es handelte sich eindeutig um einen Gewehrschuss. Obwohl die Kollegen noch nicht eingetroffen waren, sprang er aus seinen Wagen und rannte flink um die Villa herum. Mit einem Blick sah er seine Vermutung bestätigt.

Auf der Terrasse lag eine leblose Person. Eine Blutlache breitete sich um den Kopf aus.

Wie im Training duckte sich Karat und zückte seine Dienstwaffe. Um sich blickend, bewegte er sich vorsichtig auf den Körper zu. Jetzt erkannte er die Person. Es war der Reeder Jürgen Makak.

Seine blauen Augen sahen starr ins Nichts. In der Mitte der Stirn befand sich ein kreisrundes Loch. Das Blut sickerte aus der großen Austrittswunde des Hinterkopfes. Hastig kramte PHK Karat sein Handy aus der Tasche und wählte die Nummer der Einsatzzentrale. Er hörte das Anläuten. Dabei streifte sein Blick über die Wakenitz.

Es sollte sein letzter Blick sein.

Den Schuss hörte Karat gar nicht. Er verspürte lediglich ein trocknes Knacken. Gedanken hierüber konnte er sich nicht mehr machen. Sein Handy fiel auf die Steinfliesen der Terrasse. Die fragende Stimme erreichte ihn schon lange nicht mehr.

PHK Karat folgte seinem Handy und krachte auf die weißen Fliesen. In der Mitte seiner Stirn befand sich nun ebenfalls ein kreisrundes Loch. Blut sickerte aus der großen Austrittswunde seines Hinterkopfes.

Sein Gesicht drückte Unverständnis aus und war jeder Ausstrahlung beraubt, aber sein schmales Oberlippenbärtchen wirkte äußerst gepflegt.

055

In Lübeck parkte ich meinen Wagen im Parkhaus Mitte, neben der Petrikirche. Gefühlt hat diese Parkgarage das Alter der benachbarten Kirche. An der Einfahrt gibt es keinen Ticketautomaten. Ein Pförtner stellt einem dort einen handschriftlichen Parkschein aus, bevor es in die Katakomben geht. Eigentlich war dieses Parkhaus für mein Auto nicht geeignet. Ein vergleichbar enges und verbautes Parkhaus war mir nicht bekannt. Für Fahranfänger musste es der absolute Albtraum sein. Abgesehen davon, dass es mir jedoch Spaß machte, durch dieses Labyrinth zu zirkeln, lag es für meine Belange sehr zentral.

Mühsam kurbelte ich mich um die steinernen und metallischen Hindernisse. Erst auf dem offenen Parkdeck fand ich einen geeigneten Platz. Aus dem Parkhaus kommend, hielt ich mich links und nach wenigen Metern, direkt gegenüber der Petrikirche, begab ich mich in die Campus Suite, einem tollen Coffee Store. Ich war gut in der Zeit und für mich gibt es dort mit Abstand den besten Cappuccino der Stadt. Allein der Schaum war eine Offenbarung. Die anregende Atmosphäre gefiel mir jedes Mal aufs Neue.

Zwanzig Minuten später schlenderte ich am Rathaus vorbei, das schon dreizehnhundertacht gebaut wurde und von dem noch heute Teile der Südwand, im spätromanischen Stil, erhalten sind. In vielen Epochen wurde das Rathaus weiter um- und ausgebaut. Vierzehnhundertfünfunddreißig kamen, im spätgotischen Stil die meisten Türme hinzu. Eine Besonderheit sind die Türen zum ehemaligen Gerichtssaal im Erdgeschoss. Diese weisen verschiedene Höhen auf. Freigesprochene Angeklagte verließen das Gericht durch die hohe Tür. Verurteilte Angeklagte mussten durch die niedrige Tür gehen und dabei den Kopf senken.

Gleich gegenüber, es ist schon so eine Art Ritual für mich, erstand bei Niederegger eine Kugel Zimteis. Schleckernd ließ ich mich durch die Hüxstraße treiben. Dort kaufte ich zwei Flaschen Masi Amarone, um meinen Vorrat wieder aufzufüllen und ein paar Shops weiter, einen schönen Schal. Spontan kam ich zu der Ansicht, dass er Stina ausgezeichnet schmücken würde. Über die Schlumacherstraße gelangte ich in die Fleischhauerstraße. Dort übte mein Friseur sein Geschäft aus.

Heute machte der alte Mann einen schwächeren Eindruck auf mich, als die letzten Male. „Wie immer, bitte" sagte ich freundlich zu ihm, nach der lautlosen Begrüßung.

Wie immer schnitt er mit sicherer Hand die Spitzen. Ich registrierte, dass einige persönliche Gegenstände in seinem kleinen Ladengeschäft fehlten, unter anderen eine antike Anrichte, welche immer unter einem ebenso passenden Spiegel, den Eingangsbereich zierte. Anstelle des antiken Spiegels hing dort jetzt ein hässlicher, plastikumrahmter Spiegel.

Heute entlohnte ich ihn nicht wie immer mit einem zweihundert Euroschein, sondern legte stumm zwei fünfhunderter Scheine auf seinen Tresen.

Seit Jahren gab es erstmalig eine deutliche Reaktion von ihm. Nicht, dass er diesmal sprach, nein, eine einzelne Träne lief aus seinem linken Auge.

Stumm nickten wir einander zu und ich verließ den kleinen Laden – mit einem dicken Kloß im Hals.

In diesem Moment fegte dicht über den Dächern der Strasse ein Polizeihubschrauber hinweg.

056

Entsetzt standen Wallison und Schlumpberger in der Nähe der Terrasse. Die Spurensicherung hatte schon ihre Arbeit aufgenommen und versuchte kleinste Hinweise zu sichern.

Klar war inzwischen, dass der Schütze vom parallelen Fußweg der Falkenstraße, die tödlichen Kugeln abfeuerte. Jeweils nur einen Schuss aus zweihundertfünfzig Metern Distanz. Beide präzise zwischen den Augen. Das Werk eines eiskalten Profis.

Sie schätzte, dass sie nur zwei Minuten nach dem Anschlag auf der Terrasse eintrafen. Die frischen Blutspritzer sprachen eine deutliche Sprache. Ohne zu zögern, löste sie sofort eine Großfahndung aus und ließ an den großen Ausfallstraßen Sperren errichten. Der Verkehr auf den Autobahnen 1, 20, 226 sowie den Bundesstraßen 75, 104 und 207 kam vollständig zum Erliegen. Kilometerlange Staus, im zweistelligen Bereich waren die Folge. Zwei Hubschrauber kreisten standby in der Luft. Zeugen oder eine Personenbeschreibung hatten sie jedoch nicht. Sie konnten nur auf den berühmten Kommissar Zufall hoffen.

POK Wallison war klar, dass so ein Profi seinen Rückzug ebenso perfekt geplant hatte und ihre Chancen bei Null lagen, denn zu viele Lücken konnten nicht geschlossen werden, aber sie wollte, zumindest alles Menschenmögliche getan haben, um diesen Teufel zu fassen. „Warum hatte Holger Karat nicht auf sie beide gewartet? Er war doch sonst nie so ein Draufgänger gewesen. Ich hätte schneller fahren müssen" hielt sie sich murmelnd vor.

„Stina, das hat doch alles keinen Sinn. Du kannst die Schuld nicht bei dir suchen." Detlef Schlumpberger nahm seine Kollegin bei Seite und fuhr mit ihr ins Präsidium.

057

Nach fünf Stunden und knapp dreißig Seemeilen weiter, passierten wir das grünweiße Leuchtfeuer an der Norder- mole, Trave einwärts.

Als wir am Vormittag um elf Uhr die Mole hinter uns ließen, wehte noch ein warmer Südsüdostwind mit neun Knoten. Unter vollen Segeln genossen wir den magischen Moment und die entspannte Fahrt durch das spiegelglatte Wasser. Stina saß still auf dem Vordeck und hing ihren Gedanken nach. Litze und Dildo lagen noch in ihren Kojen und schliefen sich aus. Claus steuerte die ,o.li' souverän entlang der Mecklenburgischen Küste.

Stinas Tochter nahm mich bei Seite. „Was machen wir denn an Mamas Geburtstag ? Es soll ihr schönster Tag im Leben werden" flüsterte mir Mareike, die ich nur Nonome nannte, ins Ohr.

Stinas vierzigster Geburtstag stand am fünften Juli an und mir kam es zu, die Party zu organisieren. Sie wünschte sich eine Feier im kleinen Kreis, was in diesem Falle etwa zwan- zig Personen bedeutete. Ich hatte schon ein paar schöne Ideen angekurbelt, darunter ihre beste Freundin aus der ersten Schulklasse eingeladen. Sie lebte mittlerweile als Tauchlehrerin in Flic ,n Flac auf Mauritius. Ihre Zusage hatte ich schon vor einer Woche bekommen. „Nonome, der schönste Tag für deine Mama war bestimmt, als du das Licht der Welt erblickt hast. Wir werden ihr einen zweitschönsten Tag bereiten. Für dich wird es auch eine Überraschung geben, allerdings musst du dich bis zum Geburtstag gedul- den. Du wirst begeistert sein oder sogar verzaubert" flüsterte ich geheimnisvoll zurück.

Sie strahlte. „Oh ja, das wird toll" rief sie begeistert und hielt sich erschrocken eine Hand vor dem Mund.

Ich deutete einen zuziehenden Reißverschluss vor meinen Lippen an und grinste sie an. Bis dahin bedurfte es noch einiger Organisation. Als Tischmusiker konnte ich Rübe, einen stadtbekannten Saxophonisten gewinnen. Nonome stupste mich kichernd an und hob den rechten Daumen in die Höhe.

„Was tragt ihr denn für Geheimnisse mit euch herum? Wer flüstert hat etwas zu verbergen" merkte Stina neugierig an. „Wem kann man denn noch vertrauen? Jetzt hat meine Tochter schon Geheimnisse vor mir" lachte Stina.

„Ich vertraue nur meinem Arsch. Der steht immer hinter mir. Guten Morgen alle zusammen" rief Litze fröhlich.

„Wir haben in den Unterlagen von Jürgen Makak, eine Verbindung zwischen ihm und Lukas Mooredder gefunden. Offensichtlich liefen die Geschäfte seiner Frachter sehr schlecht. Um seinen großzügigen Lebensstil aufrecht zu halten, hat er einen schwunghaften Handel mit Drogen aufgezogen. Seine Frachter müssen, neben der normalen Fracht, Tonnen an Drogen importiert haben. Mooredder gehörte offensichtlich zu seinem Verteilernetz. Irgendetwas muss seine Geschäftspartner gestört haben. In Kiel, Hamburg, Bremen und Hannover, sind in den letzten vierundzwanzig Stunden, sieben Männer aus dem Milieu auf die gleiche Art hingerichtet worden. Entweder wurde eine 9mm SIG Sauer P228, wie bei Mooredder oder ein Präzisionsgewehr mit 7,62mm Kaliber eingesetzt. Das gruselige daran ist, dass sich der Delinquent offensichtlich unbehelligt in unserem Land bewegen kann. Der Killer scheint ein Geist zu sein. Er hat keine verwertbaren Spuren hinterlassen. Makaks Netz ist, einschließlich ihm, komplett ausradiert. Vielleicht finden unsere Leute noch eine Spur in Litauen. Bisher verlieren sich dort alle Spuren." Stina Wallison schüttelte sich.

„Hier ist der Sumpf vorerst sicher trockengelegt, aber zu welchem Preis und es werden wieder neue Vertriebswege wachsen" bemerkte Claus.

„Das wird sich bestimmt nicht verhindern lassen, aber so schnell will sicher keiner Makaks Erbe antreten wollen. Das Geschäftsgebaren ist doch recht rabiat" warf Litze ein.

„Mein Kollege Holger Karat war übrigens auch Kunde bei dem Lukas und die alte Dame Hermine Reuse wurde von ihm ebenfalls versorgt. Das erklärt ihre plötzlichen Aussetzer."

„Hast du gehört, XO ? Deine Freundin war auf Speed" wandte ich mich Claus zu.

„Mit Speed ist sie ja auch in die Trave geschoben" brachte er trocken hervor.

„Mag überhaupt noch jemand Polizeihauptkommissar im MD.1 werden ? Die Mortalitätsrate ist erschreckend hoch und sucht Ihres gleichen. Im Wilden Westen gab es vielleicht dazu noch etwas Vergleichbares" sinnierte ich laut. „Dieser Dienstgrad wird wohl demnächst in Lübeck übersprungen werden. Zum Glück kehrt jetzt wieder Ruhe in Lübeck und Travemünde ein. Die 124.Travemünder Woche startet am neunzehnten Juli mit sechs Weltmeisterschaften und hunderttausenden von Besuchern. Nicht auszudenken, wenn der Killer dann zugeschlagen hätte. Die hätten alle einen großen Bogen um Lübeck-Travemünde geschlagen."

„Jetzt brauche ich euch, um die Segel zu bergen" meldete sich Claus. „Wir machen bei Odin am Leuchtenfeldsteg fest." Er startete den Bootsmotor und innerhalb weniger Minuten waren die Segel verstaut, die ,o.li' am Steg vertäut und klariert.

Odin rollte klingelnd mit dem Fahrrad auf den Steg.

Schnaufend stieg er vom Rad. „Ich sollte doch anfangen ein wenig Sport zu treiben, um meine Kondition zu verbessern und nebenbei ein wenig Fett zu verbrennen" keuchte er. Odin dozierte ungewöhnlich euphorisch über die Vorteile von Sport und wie eminent wichtig dies für die Gesundheit sei. Keine Spur mehr von Churchills legendärem Spruch.

Dildos Augen blitzten auf. „Okay Odin, Fett verbrennen ist klasse. Schmeißen wir den Grill an und verbrennen Fett."

„Das ist einmal eine amtliche Ansage. Ich bin sofort dabei." Litze sprang auf. „Ich suche schon den Grill und die Kohle." Er verschwand mit dem Kopf in der Backskiste.

„Leute, auf ein Wort" setzte ich an und nahm Stina wieder in den Arm. „Es gibt keine zufälligen Begegnungen im Leben. Jeder Mensch in unserem Leben ist entweder ein Geschenk, ein Test oder eine Strafe. Ihr sollt wissen, ich habe heute lauter Geschenke um mich." Ich blickte Stina dabei tief in ihre dunklen Augen.

Mein größtes Geschenk hielt ich in meinen Armen.

Glossar:

Acidhouse = *Stilart der Housemusik (elektronische Tanzmusik) ohne Gesang. Die teils monotonen Tonfolgen können Trance-ähnliche Effekte beim Zuhörer auslösen.*

Achtersteven = *Die hintere Begrenzung des Schiffsrumpfes. Je nach Schiffstyp unterschiedlich geformt. Er schließt das Schiff achtern ab und sorgt für Festigkeit.*

Backbord = *In der Sichtlinie eines Bootes vom Heck zum Bug die linke Seite (rotes Positionslicht).*

Backskiste = *Truhe (Kiste), die in der Plicht von Segelbooten eingebaut ist und als Stauraum für Teile der Ausrüstung sowie als Sitzbank dient.*

Backstag = *Paarweise Absteifung auf einem Segelschiff, die schräg nach achtern läuft und den Mast stabilisiert.*

Beaufort = *Klassifikationsskala von Winden nach ihrer Geschwin- digkeit. Bereits 1805 erstellte Silver Francis Beaufort. of England die heute noch gebräuchliche Beaufort Windskala.*

Code Zero = *Ein sehr großes Vorsegel, das bei Leichtwind bis zehn Knoten auch auf spitzeren Kursen gefahren werden kann.*

Elbsegler = *Schiffermütze. Eine Seemannsmütze, die ursprünglich gerne von Seeleuten an der Elbe getragen wurde.*

Epiglottis = *Kehldeckel. Eine Verschlusseinrichtung am Kehlkopfeingang.*

Flying Hirsch = *Kleine Flasche Jägermeister im Glas und mit Redbull aufgegossen. Wird beides zusammen getrunken.*

Fock = *Vorsegel auf einmastigen Segelbooten.*

Forensische Entomologie = *'Insektenauswertung'. Aufgrund der Leichenbesiedlung durch Insekten werden Hinweise und Rückschlüsse auf die Leichenliegezeit, Todesursache und Todesumstände gesammelt.*

Fuß (ft) = *Längenmaß. 1 ft entspricht 30,48 cm.*

INPOL = *Bundesländerübergreifendes Informationssystem der Polizei, beim Bundeskriminalamt.*

Klaustrophobie = *Raumangst. Umgangssprachl.: Platzangst.*

Knoten (kn) = *Geschwindigkeitsmaß u. a. in der Seefahrt. 1 kn entspricht 1,85 km/h.*

Lebensaufheller = *mit verschiedensten Namen wie z.B.: Ying-Yng, Cherry, „E's", Armani, Pillen, Teile, etc. Starke chemische Aufputschmittel Amphetamine (Speed) oder Ecstasy in Pillen- oder Kapselform. Hohes psychisches Abhängigkeitspotenzial.*

LVG = *Lübeck-Travemünder Verkehrsgesellschaft mbH.*

NAW = *Notarztwagen.*

Ockhams Rasiermesser = *ist die Theorie, dass man bei verschiedenen Erklärungen, die jenige bevorzugt, die mit der geringsten Anzahl von Hypothesen auskommt und somit die einfachste Theorie darstellt. Als Metapher zu verstehen: die simpelste Erklärung ist allen anderen vorzuziehen – alle anderen werden mit einem Rasiermesser abgeschnitten.*

OK = *Organisierte Kriminalität. Gruppierungen die kriminelle Ziele systematisch verfolgen.*

Oxymoron = *zusammengesetzt aus dem griechischen Wörtern: oxys: scharf(sinnig) und moros: dumm. Mehrzahl: Oxymora) ist eine rhetorische Figur, bei der eine Formulierung aus zwei gegensätzlichen, einander (scheinbar) widersprechenden oder sich gegenseitig ausschließenden Begriffen gebildet wird. Häufig werden Oxymora in Form von Zwillingsformeln geprägt. Auch einzelne Wörter oder Begriffe oder auch ein ganzer Satz können ein Oxymoron bilden, z.B.: Weniger ist mehr oder: Hassliebe oder: Alter Knabe usw.*

Palindrom = *Eine Zeichenkette die von vorn und von hinten gelesen gleich bleibt. Ein sinnvolles Palindrom erhält rückwärts gelesen einen neuen Sinn.*

Palstek = *Seemännischer Knoten in Form einer Schlaufe, welcher sich nicht zuzieht.*

Plicht = *Ein Teil an Deck eines Sportbootes mit Steuerstand und Sitzgelegenheit (Umgangssprachl.: Cockpit). Die Plicht liegt niedriger als das Deck.*

POK = *Polizeioberkommissar.*

PHK = *Polizeihauptkommissar.*

RIB = *Festrumpfschlauchboot.*

Rollator = *Fahrbare Gehhilfe.*

Saling = *Konstruktion, die zu beiden Seiten neben dem Mast Befestigungs- oder Umlenkpunkte für die Abspannungen bietet, um den Mast oder Mastabschnitt von seinem oberen Punkt zu den beiden Schiffsseiten hin zu verspannen und zu stabilisieren.*

Schwojen = *Hin- und herpendeln eines vor Anker, an der Boje oder am Steg liegenden Bootes.*

Seemeile (sm) = *Auch nautische (NM) Meile. Maßeinheit u. a. in der Seefahrt. 1 sm entspricht 1.852 m.*

Steuerbord = *In der Sichtlinie eines Bootes vom Heck zum Bug die rechte Seite (grünes Positionslicht).*

Süll = *Senkrechte Erhöhung um die Plicht, zum Schutz gegen anlaufendes Wasser.*

TA = *Travemünde Aktuell: gedrucktes Magazin mit aktuellen Themen aus den verschiedensten Bereichen rund um Travemünde. Erscheinungsweise monatlich (auch online).*

Vorsteven = *Bestandteil des Abschluss am vorderen Schiffsrumpf. Nach oben gezogene Verlängerung des Kiels, welche im Bug ausläuft.*

Vorstag = *Hält den Mast in der Längsachse in der Position nach vorne und Befestigungspunkt des Vorliek eines Vorsegels.*

Vorliek = *Ist eine Kante am Segel, benannt nach der Lage der Kante. Hier: vorne.*